本書獲二〇二三年貴州省出版傳媒事業發展專項資金資助
本書獲貴州省孔學堂發展基金會資助

本書據國家圖書館藏明嘉靖三年丘養浩刻本影印

【陽明文庫】古籍整理系列

居夷集

【〔明〕王守仁 著】

孔學堂書局

本書獲二〇二三年貴州省出版傳媒事業發展專項資金資助
本書獲貴州省孔學堂發展基金會資助
本書據國家圖書館藏明嘉靖三年丘養浩刻本影印

圖書在版編目（CIP）數據

居夷集 / (明) 王守仁著. —貴陽 : 孔學堂書局,
2024.4
（陽明文庫. 古籍整理系列）
ISBN 978-7-80770-493-5

Ⅰ. ①居… Ⅱ. ①王… Ⅲ. ①古典詩歌-詩集-中國-明代 ②古典散文-散文集-中國-明代 Ⅳ.①I214.82

中國國家版本館CIP數據核字(2024)第003499號

陽明文庫（古籍整理系列）

居夷集 〔明〕王守仁 著
JU YI JI

策　　劃：蘇　樺
執　　行：張發賢
責任編輯：陳　真　徐　梅
書籍設計：曹瓊德
責任印製：張　瑩

出版發行：貴州日報當代融媒體集團
孔學堂書局
地　　址：貴陽市烏當區大坡路26號
印　　刷：雅昌文化（集團）有限公司
開　　本：889mm × 1194mm 1/16
印　　張：11.5
版　　次：2024年4月第1版
印　　次：2024年4月第1次
書　　號：ISBN 978-7-80770-493-5
定　　價：68.00元

陽明文庫

《居夷集》序

一、思想之力激蕩古今

二〇二四年，是王陽明（一四七二至一五二九）《居夷集》出版五百年紀念年。

五百年間，人類社會由農耕時代轉入工業時代，再邁向資本與信息時代。由生産而社會的變遷，給中國和全球帶來了前所未有、翻天覆地的巨變，舊制度被新體系所取代，舊思想被新理想所更替。之所以有如此巨大的變革，除了社會經濟的躍遷、政治制度的重塑、生産方式的迭代之外，還離不開思想與文化世界的反思、創造和革新。這些思想多以書籍的形式結集、流布和傳承。如今，這些当年出版的书籍已成为珍贵的古籍，既見證了那個時代的激揚與鬥志、論辯與哲思，也成爲我們了解這一巨變的基本歷史文獻。

五百年前的西方，尼德蘭哲學家伊拉斯謨（約一四六六至一五三六）《論自由意志》出版。大約同一時期，意大利哲人馬基雅弗利（一四六九至一五二七）完成《君主論》，德意志宗教改革家馬丁·路德（一四八三至一五四六）完成《聖經》的德文譯本。這些哲人及其著述所代表的『人的發現』，開啓了文藝復興的近代化『新的時代』。

同樣地，在中國，陽明學的出現及其著作的出版也産生了深遠的歷史影響。明世宗嘉靖三年（一五二四），朝廷爭『大禮議』，學術思想界則有兩部陽明學的著作默默出版。是年，陽明結束守孝居家，在紹興知府南大吉（一四八七至一五四一）所設的稽山書院講授《大學》。若干年後，錢德洪將講授内容整理爲《大學問》，並稱之爲『師門教典』。嘉靖三年夏，餘姚知縣丘養浩（一五二一年進士）刊刻《居夷集》；同年十月，南大吉主持刊刻《續刻傳習録》。與許多思想巨著一樣，阳明兩書的初刻並未立即引起學術界的震撼與關切，未曾一時洛陽紙貴。隨着時間的推移、學術的發展，陽明學逐漸爲世人所重，《傳習録》成爲陽明心學的基本要籍，自明至清有各種手抄本、翻刻本、覆刻本、注釋本，不斷有學人與之對話，形成了書籍史的獨特景觀，並最終與朱子《近思録》一起成爲宋明學術思想的永恒經典，成爲代表中華優秀傳統學術思想的典籍之一。而《居夷集》則因各種緣由，漸湮没於書籍世界之中，幾乎成爲孤本秘籍一般的存在。

陽明生前編定刊刻的著述不多。黄綰（約一四八〇至一五五四）在《陽明先生存稿序》中說：『惜乎天不憖遺，不獲盡見行事大被斯世，其僅存者唯《文録》《傳習録》《居夷集》而已，其餘或散亡及傳寫訛錯。』为此，黄綰等人編刊陽明文集，『刻梓以行，庶傳之四方、垂之來世，使有志之士知所用心，則先生之學之道爲不亡矣』。[一]《居夷集》一書雖然不如《傳習録》廣爲今人所知，但該書爲陽明生前所編刊，當是陽明手訂著作版本之一，對於我們了解陽明本人的學術思想，領略陽明的文學精神，理解陽明心學的學術主張，並由此探尋、追迹陽明之學問，有着不可替代的作用。故而，此書爲我們了悟陽明心學的文化活力、心力機能和精神底蘊提供了較爲可靠的讀本。

二、居夷之集儒者之志

與《傳習録》一樣，《居夷集》之名亦有其書籍意涵。所謂集者，實有三義。一則爲聚，出自《詩經·葛覃》篇『黄鳥于飛，集于灌木』，《説文解字》釋義爲『集，群鳥在木上也』，故合會聚集是『集』字本義。雕版印刷産生以後，書籍漸夥，『集』又分二義：一則爲成書著作，古代作家將個人詩文作品彙集於一書，以『集』爲名，如王禹偁（九五四至一〇〇一）《小畜集》、蘇洵（一〇〇九至一〇六六）《嘉祐集》、邵雍（一〇一一至一〇七七）《伊川擊壤集》、陸游（一一二五至一二一〇）《渭南文集》、張孝祥（一一三二至一一七〇）《于湖居士文集》等，這類書多爲我們今天所説的别集。一則爲書籍分類之一，前賢將收藏的典籍分爲經典、紀傳、子兵和文集等甲、乙、丙、丁四類，後定型爲經、史、子、集四部，集部之書也就包括楚辭、别集、總集、詩文評和詞曲等不同類型的著作。《隋書·經籍志》説，所謂總集，是將各爲條貫的詩賦文辭，『合而編之』；所謂别集，因文士辭章各異，後人『别聚焉，名之爲集』。清人章學誠（一七三八至一八〇一）《文史通義·文集》篇謂：『集之興也，其當文章升降之交乎？』[二]先有個人詩文著述的别集、彙集多人著述的總集，後有分類學的集部文獻。章氏説：『文集者，辭章不專家，而萃聚文墨，以爲蛇龍之菹也。後賢承而不廢者，江河導而其勢不容復遏也。經學不專家，而文集有經義；史學不專家，而文集有傳記；立言不專家，而文集有論辨。後世之文集，舍經義與傳記

[一] 黄綰：《黄綰集》，張宏敏編校，上海古籍出版社二〇一四年版，第二二七頁。

[二] 章學誠：《文史通義校注》，葉瑛校注，中華書局二〇一四年版，第三四五頁。

論辨之三體，其餘莫非辭章之屬也。』[二]宋明以來，除了理學家闡釋經義的著作之外，闡發他們思想的詩文類作品多以集爲名，陽明此集也不例外。

所謂『居夷』，有其歷史文化的象徵意涵。其義有三：一則爲處於危險之地，《周易》有明夷卦，《序卦》說：『夷者，傷也。』《彖》云：『明入地中，明夷。內文明而外柔順，以蒙大難，文王以之。』一則爲居處江湖之遠，即《玉篇》所謂『夷，蠻夷也』，《禮》《書》謂王畿之外有侯服、采服、衛服、蠻服、夷服等，蠻、夷皆非王化所及，非君子所居之地。一則爲孔子浮海居夷之意，韓愈有『苟能行忠信，可以居夷蠻。嗟余與夫子，此義每所敦』之句，即《論語·子罕》所謂『子欲居九夷。或曰：「陋，如之何？」子曰：「君子居之，何陋之有？」』之義。

《居夷集》爲所知的陽明第一部詩文集，以『居夷』爲名，並非率意而爲。與陽明的幾部著作一樣，他本人未曾爲之作序，爲我們留下了想象和闡釋的空間。陽明詩文中曾多次提及居夷，如：『猶記邊烽傳羽檄，近聞苗俗化衣冠。投簪實有居夷志，垂白難承菽水歡。』（《七盤》）又如：『夷居信何陋，恬淡意方在。豈不桑梓懷，素位聊無悔。』（《移居陽明小洞天》）再如：『投荒萬里入炎州，却喜官卑得自由。心在夷居何有陋，身雖吏隱未忘憂。』（《龍岡漫興》）又曾說：『謫官龍場，居夷處困，動心忍性之餘，恍若有悟。』（《朱子晚年定論序》）居夷既是身處其地，也是心有所屬。由此可知，《居夷集》是一部表達陽明心志、心境的詩文集。陽明《書玄默卷》說：『孔子曰：「辭達而已矣。」蓋世之爲辭章者，莫不以是藉其口，亦獨不曰「有德者必有言，有言者不必有德」乎？德，猶根也，言，猶枝葉也。』陽明《何陋軒記》還說：『昔孔子欲居九夷，人以爲陋。孔子曰：「君子居之，何陋之有？」守仁以罪謫龍場。龍場，古夷蔡之外，於今爲要綏，而習類尚因其故。人皆以予自上國往，將陋其地，弗能居也。而予處之旬月，安而樂之，求其所謂甚陋者而莫得。』『誠有君子而居焉，其化之也蓋易。』此記列於《居夷集》第二篇，實有深意。

三、刊本經典化身千百

陽明詩文，多因事感觸，有辭藻之華，有心學之思，有叮嚀警誡，非雕鏤文字、没溺辭章者可比，故《居夷集》至今仍有動人心弦

[二] 章學誠：《文史通義校注》，葉瑛校注，第七二頁。

之處。《居夷集》編成後，在陽明學人群體中廣爲流傳，短期内就有若干刻本以滿足不同地區讀者的閲讀需要。後來，《陽明先生則言》《陽明先生文録》《王文成公全書》等書先後編定，特別是《王文成公全書》將《居夷集》内容悉數收入後，《居夷集》作爲陽明學術代表著作的地位被取而代之，其書也就不再有其他的刻本，舊有的刻本和印本也就成爲藏書家的珍藏秘籍。五百年後的今天，經古籍調查，我們所知且存留的《居夷集》僅有屈指可數的幾部嘉靖間刻本的印本而已，即中國國家圖書館藏兩部（其一寄存於台北故宫博物院），上海圖書館藏一部，以及日本養安院舊藏一部。據研究，四部現存的《居夷集》並非同一版本的不同印本，而是出於不同版本的印本。幾部藏本之間有差異，也有相同之處，共同見證了嘉靖年間陽明學的傳播史，也承載着陽明學的文化史。

《居夷集》在浙江首刊後，貴州亦有覆刻。嘉靖十四年（一五三五），巡按貴州監察御史王杏（一四九六至？）《書〈文録續編〉後》説：『先生處貴有《居夷集》，門人答問有《傳習録》，貴皆有刻。』（《新刊陽明先生文録續編》）王杏所説的貴刊本應是原樣覆刻了浙江餘姚本，故上述今存四本未知何者爲黔刊之本。

隨着中華優秀傳統文化的傳承和弘揚，古籍事業的發展，陽明學也在不斷深入，陽明文獻的搜集、保護、整理和研究也隨之有了新的進展。將孤本秘籍化身千百，給學術界提供可靠且便於使用的研究資料，成爲可能和必須。故此，我們以國家圖書館藏明嘉靖間刻本爲底本原樣影印，爲陽明學術精神的傳承和弘揚貢獻一份力量。

向輝[一]

二〇二四年四月於國家圖書館

[一] 向輝，國家圖書館研究館員。研究領域爲古典學、版本目録學、古籍保護和社會理論。

目録

敘居夷集 一
目録 三
居夷集卷之一 一九
吊屈平賦 一九
何陋軒記 二一
君子亭記 二四
遠俗亭記 二六
氣候圖序 二八
送憲副使毛公致仕歸桐江書院序 三二
龍場生問答 三五
象廟記 三八
恩壽雙慶詩後序 四一
卧馬冢記 四四
賓陽堂記 四七
重修月潭寺建公館記 四八
瘞旅文 五二
玩易窩記 五六
重刊文章軌範敘 五八
五經臆説序 六一
答友人 六二
答毛憲副書 六四
與安宣慰書 六六
又 六八
又 七一
論元年春王正月 七五
居夷集卷之二 八三
去婦嘆 八三
羅舊驛 八五
沅水驛 八五
鐘鼓洞 八六
平溪館次王文濟韻 八六
清平衛即事 八六
興隆衛書壁 八七
七盤 八七
初至龍場無所止結草庵居之 八八
始得東洞遂改爲陽明小洞天 八八
移居陽明小洞天 八九

謫居粮絶請學于農將田南山永言寄懷　九〇
觀稼　九一
採蕨　九一
猗猗　九一
南溟　九二
溪水　九二
龍岡新構　九三
諸生來　九四
西園　九五
水濱洞　九五
山石　九五
無寐　九六
諸生夜坐　九七
艾草次胡少參韻　九七
鳳雛次韻答胡少參　九八
鸚鵡和胡韻　九八
諸生　九九
游來仙洞早發道中　九九
別友　一〇〇
贈黃太守澍　一〇〇
寄友用韻　一〇一
秋夜　一〇二
採薪　一〇二
龍岡漫興　一〇三
答毛拙庵見招書院　一〇四
老檜　一〇五
却巫　一〇五
過天生橋　一〇六
南霽雲祠　一〇六
春晴　一〇六
陸廣曉發　一〇七
雪夜　一〇七
元夕　一〇八
家僮作紙燈　一〇八
白雲堂　一〇九
來仙洞　一〇九
木閣道中雪　一一〇
元夕雪用蘇韻　一一〇
曉霽用前韻書懷　一一一
次韻陸僉憲元日喜晴　一一一

元夕木閣山火 一一二
夜宿汪氏園 一一二
春行 一一三
村南 一一三
山途 一一三
白雲 一一四
答劉美之見寄次韻 一一五
寄徐掌教 一一五
書庭蕉 一一五
送張憲長左遷鎮南大參次韻 一一六
南庵次韻 一一六
又 一一六
觀傀儡用韻 一一七
徐都憲同游南庵次韻 一一七
即席次王文濟少參韻 一一八
寄劉侍御次韻 一一八
夜寒 一一九
冬至 一一九
春日花間偶集示門生 一二〇
次韻送陸文順僉憲 一二〇
次韻陸僉憲病起見寄 一二一
次韻胡少參見過 一二一
雪中桃次韻 一二一
舟中除夕 一二二
溆浦山夜泊 一二二
過江門崖 一二三
辰州虎溪龍興寺聞楊名父將到留韻壁間 一二三
武陵潮音閣懷原明 一二四
閣中坐雨 一二四
霽夜 一二四
僧齋 一二五
德山寺次壁間韻 一二五
沅江晚泊 一二六
夜泊江思湖憶元明 一二六
睡起寫懷 一二七
三山晚眺 一二七
鵝羊山 一二七
泗洲寺 一二八
再經武雲觀書林玉璣道士壁 一二八
再過濂溪祠用前韻 一二九

附居夷集卷之三　一三一

咎言　一三一
不寐　一三三
有室七章　一三三
讀易　一三四
歲暮　一三五
見月　一三五
天涯　一三六
屋罅月　一三六
別友獄中　一三七
答汪抑之　一三七
陽明子之南也其友湛元明歌九章以贈崔子鐘和之以五詩於是陽明子作八詠以答之　一三八
南游三首　一四二
憶昔答喬白岩因寄儲柴墟　一四三
一日懷抑之也抑之之贈既嘗答以三詩意若有歉焉是以賦也　一四四
夢與抑之昆季語湛崔皆在焉覺而有感因紀以詩　一四五
因雨和杜韻　一四七
赴謫次北新關喜見諸弟　一四七
南屏　一四八
臥病靜慈寫懷　一四八
移居勝果　一四八
草萍驛次林見素韻奉寄　一四九
玉山東嶽廟遇舊識嚴星士　一四九
廣信元夕蔣太守舟中夜話　一五〇
夜泊石亭寺呈陳婁諸公因寄儲柴墟都憲及喬太常諸友用韻　一五〇
過分宜望鈐岡廟　一五一
雜詩三首　一五一
袁州府宜春臺四絕　一五二
夜宿宣風館　一五三
謁濂溪祠萍鄉道中　一五四
宿萍鄉武雲觀　一五四
醴陵道中風雨夜宿泗州寺次韻　一五四
長沙答周生　一五五
涉湘于邁嶽麓是遵仰止先哲因懷友生麗澤興感伐木寄言　一五六
游嶽麓書事　一五八
答趙太守王推官次來韻　一六一
天心湖阻泊既濟書事　一六一

敘居夷集

居夷集者陽明先生被逮責貴陽時所著也溫陵後學丘養浩刻以傳諸同志或曰先生之學專以孔孟為師明白簡易一洗世儒派分枝節之繁微言大訓天下之學士宗之而獨刻此焉何况則解之曰先生之資明睿登徹於天下實理固已實見而實體之而養熟道凝則於貴陽時獨得為多宜會遠趨收衆者以折諸往道有餘力而行道有餘功固皆以居

袁者之為之也古聖人歷試諸艱造物者將降大任之意無然乎哉養浩生也後學不知本政不足㠯幸化

先生輙合而教之歲月如適典刑在望愧無能為新主簿之可教而又無能為元城之錄也引㠯言同校集者韓子柚廷侄徐子珊孜佩皆先生門人

嘉靖甲申夏孟朔后養浩以義書

目録

卷之一

弔屈平賦有敘
何陋軒記
君子亭記
遠俗亭記
恭侯圖序
送憲副毛公致仕歸桐江書院序
龍塲生問答
象廟記

恩壽雙慶詩後序
卧馬塚記
賓陽堂記
重修月潭寺建公館記
瘞旅文
玩易窩記
重刊文章軌範序
五經臆說序
答友人
答毛憲副書

答安宣慰書
又答安宣慰書
又答安宣慰書
論元年春王正月

卷之二

去婦嘆
羅舊驛
沅水驛

鍾鼓洞

平溪館次王文濟韻

清平衛即事

興隆衛書壁

七盤

初至龍場無所止結草菴居之

始得東洞遂改爲陽明小洞天

移居陽明小洞天

謫居粮絶請學于農將田南山永言寄懷

觀稼

採蕨
猗猗
南滇
溪水
龍岡新構
諸生來
西園
水濱洞
山石
無寐

諸生夜坐

芠草次胡少叅韻

鳳雛次韻答少叅

鸚鵡和胡韻

諸生

遊來仙洞早發道中

別友

贈黄太守澍

寄友用韻

秋夜

採新
龍岡漫興
答毛拙庵見招書院
老檜
却巫
過天生橋
南霽雲祠
春晴
陸廣曉發
雪夜

元夕

家僮作紙燈

白雲堂

來仙洞

木閣道中雪

元夕雪用蘇韻

曉霽用前韻書懷

次韻陸僉憲元日喜晴

元夕木閣山火

夜宿汪氏園

春行
村南
山途
白雲
答劉美之見寄次韻
寄徐掌教
書庭蕉
送張憲長左遷滇南大叅次韻
南庵次韻
觀傀儡用韻

徐都憲同遊南庵次韻

郎席次王文濟少參韻

寄劉侍御次韻

夜寒

冬至

春日花間偶集示門生

次韻送陸文順僉憲

次韻陸僉憲病起見寄

次韻胡少參見過

雪中桃次韻

舟中除夕

溆浦山夜泊

過江門崖

辰州虎溪龍興寺聞楊名父將到留韻壁間

武陵潮音閣懷原明

閣中坐雨

霽夜

僧齋

德山寺次壁間韻

沅江晚泊

夜泊江思湖憶元明
聽起寫懷
三山晚眺
鵞伞山
泗洲寺
再經玄武雲觀書昺林玉璣道士壁
再過濂溪祠用前韻
卷之三
咎言
不寐

有室七章
讀易
歲暮
見月
天涯
屋鑪月
別友獄中
答汪抑之
八詠
南遊三首

憶昔答喬白岩因寄儲柴墟三首

一日

夢與抑之昆季語

因雨和杜韻

赴謫次北新關喜見諸弟

南屏

卧病静慈寫懷

移居勝果

草萍驛次林見素韻奉寄

玉山東嶽廟遇舊識嚴星士

廣信元夕蔣太守舟中夜話
夜泊石亭寺
過分宜望鈐岡廟
雜詩三首
袁州府宜春臺四絶
夜宿宣風館
謁濂溪祠
宿萍鄉武雲觀
醴陵道中風雨夜宿泗州寺
長沙答周生

目録卷之終

居夷集卷之一

門人韓桂徐珊校

◎弔屈平賦

正德丙寅守仁以罪謫貴陽取道沅湘感屈原之事爲文而弔之其詞曰

山黯慘兮泣夜波風颼颼兮木落森柯汎中流兮焉泊湛椒醑兮弔湘纍雲冥冥兮月星蔽晦氷崚嶒兮霰下纍之宮兮安在悵無見兮愁予高岸兮嶔崎紛糾錯兮樛枝下深淵兮不測穴頫洞兮蛟螭山岑兮無極空谷谽谺兮過寥寂猿啾啾兮吟雨熊羆嗥

兮虎交蹟念釁之窮兮焉托處四山無人兮駭狐鼠
魑魅遊兮群跳嘯瞰出入兮爲釁姦宄嫉釁正直兮
反詆爲殃聣比上官兮子蘭爲臧幽叢簿兮嚋倡懷
故都兮增傷望九疑兮參差就重華兮陳辭沮積雪
兮彌道絕洞庭湫邈兮夫路迷要彭咸兮沍潭召申
胥兮使騷娥鼓瑟兮馮夷舞聊遨遊兮湘之浦乘回
波兮泊蘭渚睠故都兮獨延佇君不還兮郢爲墟思
壹鬱兮欲誰語郢爲墟兮函崤亦焚讒兕逋戮兮快
不酬冤歷千載兮耿忠悁君可復兮排帝閽望遁跡
兮渭陽箕惟囚兮其徉以狂艱貞兮晦明懷若人兮

將予退藏宗國淪兮摧肺肝忠憤激兮中道難勉低回兮永忍盡自沉兮心所安雄之訣兮讒喙衆狂穉兮謂纍揚己爲魈爲魅兮爲讒媵妾纍視若鼠兮僂纇有泚纍忽舉兮雲中龍旂晻靄兮飄風横四海兮倏忽駟玉虬兮上衝降望兮大鼇山川蕭條兮泬寥廓逝遠去兮無窮懷故都兮蜷局亂曰日西夕兮沅湘流楚山嵯峨兮無久久秋纍不見兮涕泗世愈隘兮孰知我憂

何陋軒記

昔孔子欲居九夷人以爲陋孔子曰君子居之何陋

之有守仁以罪謫龍場龍場古夷蔡之外於今為要綏而習類尚因其故人皆以予自上國往將陋其地弗能居也而予處之旬月安而樂之求其所謂甚陋者而莫得獨其結題鳥言山棲羝服無軒裳宮室之觀文儀揖讓之縟然此猶淳龐質素之遺焉蓋古之時法制未備則有然矣不得以為陋也夫愛憎面背亂白黝浚奸窮黠外良而中螫諸夏蓋不免焉若是而彬郁其容宋甫魯掖折旋矩矱將無為陋乎夷之人乃不能此其好言惡詈直情率遂則有矣世徒以其言辭物采之眇而陋之吾不謂然也始予至無室

㠯止茇於叢棘之間則鬱也遷於東峰就石穴而居
之又陰㠯濕龍場之民老稚日來視予喜不予陋益
孚比予嘗圃於叢棘之右民謂予之樂之也相與伐
木閣之材就其地為軒㠯居予予因而翳之㠯檜竹
蒔之㠯卉藥列堂階辨室奧琴編圖史講誦遊適之
道畧具學士之來遊者亦稍稍而集於是人之及吾
軒者若觀於通都焉而予亦忘予之居夷也因名軒
曰何陋㠯信孔子之言嗟夫諸夏之盛其典章禮樂
歷聖修而傳之夷不能有也則謂之陋固宜於後蔑
道德而專法令搜抉鈎縶之術窮而狡匿譎詐無所

不至渾朴盡矣夷之民方若未琢之璞未繩之木雖粗礪頑梗而椎斧尚有施也安可以陋之斯孔子所爲欲居也歟雖然典章文物則亦胡可以無講今夷之俗崇巫而事鬼瀆禮而任情不中不節卒未免於陋之名則亦不講於是耳然此無損於其質也誠有君子而居焉其化之也蓋易而予非其人也記之以俟來者

君子亭記

陽明子既爲何陋軒復因軒之前榮架楹爲亭環植以竹而名之曰君子曰竹有君子之道四焉中虛而

靜通而有間有君子之德外堅而直貫四時而柯葉無所改有君子之操應蟄而出遇伏而隱雨雪晦明無所不宜有君子之時清風時至玉聲珊然中采齊而協肆夏揖遜俯仰若洙泗羣賢之交集風止籟靜挺然特立不撓不屈若虞廷羣后端冕正笏而列於堂陛之側有君子之容竹有是四者而以君子名不愧於其名吾亭有竹焉而因以竹名名不愧於吾亭門人曰夫子盖自道也吾見夫子之居是亭也持敬以直内靜虚而若愚非君子之德乎遇屯而不懾處困而能亨非君子之操乎昔也行於朝今也行於夷

順應物而能當，雖守方而弗拘，非君子之時乎？其交翼翼，其處雍雍，意適而匪懈，氣和而能恭，非君子之容乎？夫子蓋嫌於自名也，而假之竹。雖然，亦有所不容隱也。夫子之名其軒曰何陋，則固以自居矣。陽明子曰：嘻！小子之言過矣，而又弗及。夫是四者，何有於我哉？抑學而未能，則可云爾耳。昔者夫子不云乎：汝爲君子儒，無爲小人儒。吾之名亭也，則以竹也。人而嫌以君子自名也，將爲小人之歸矣，而可乎？小子識之。

遠俗亭記

憲副毛公應奎名其退食之所曰遠俗陽明子爲之記曰俗習與古道爲消長塵囂溷濁之既遠則必高明清曠之是宅矣此遠俗之所由名也然公以提學爲職又兼理夫獄訟軍賦則彼舉業辭章俗儒之學也簿書期會俗吏之務也二者公皆不免焉舍所事而曰吾以遠俗俗未遠而曠官之責近矣君子之行也不遠於微近纖曲而盛德存焉廣業著焉是故誦其詩讀其書求古聖賢之心以蓄其德而達諸用則不遠於舉業詞章而可以得古人之學是遠俗也已公以處之明以決之寬以居之恕以行之則不遠於

簿書期會而可以得古人之政是遠俗也已苟其心之凡鄙猥瑣而徒閒散疎放之是托以為遠俗其如遠俗何哉昔人有言事之無害於義者從俗可也君子豈輕於絶俗哉然必曰無害於義則其從之也為不苟矣是故苟同於俗以為通者固非君子之行必遠於俗以求異者尤非君子之心

炁候圖序

天地一元之運為十二萬九千六百年元分而為十二會會分而為三十運運分而為十二世世分而為三十年年分而為十二月月分而為二氣氣

分而爲三候候分爲五日日分爲十二時積四千三百二十時三百六十日而爲七十二候會者元之候也世者運之候也月者歲之候也候者月之候也天地之運日月之明寒暑之代謝氣化人物之生息終始盡於此矣月證於月者也氣證於氣者也候證於物者也若孟春之月其氣爲立春爲雨水其候爲東風解凍爲蟄虫始振爲魚負氷獺祭魚之類月令諸書可考也氣候之運行雖出於天時而實有關於人事是以古之君臣必謹修其政令以奉若夫天道致察乎氣運以警惕夫人爲故至治之世天無疾風盲

雨之愆而地無昆虫草木之孽孔子之作春秋也大雨震電大雨雪則書大水則書無冰則書無麥苗則書多麋則書蜮蜚雨螽蝝生則書六鷁退飛則書隕霜不殺草李梅實則書春無冰則書鸜鵒來巢則書凡㠯見氣候之愆變失常而世道之興衰治亂人事之汙隆得失皆於是乎有證焉所㠯示世之君臣者恐懼修省之道也大摠兵懷柔伯施公命繪工爲七十二候圖遣使㠯幣走龍場屬守仁敘一言於其間守仁爲使者曰此公臨政之本也善端之發也戒心之萌也使者曰何㠯知之守仁曰人之情必有所不

敢忽也而後著於其念必有所不能忘也而後存於其心著於其念存於其心而後見之於顏色言論志之於弓矢几杖盤盂劍席繪之於圖畫而日省之於其心是故思馳騁者愛觀夫射獵遊田之物甘逸樂者喜親夫博局燕飲之具公之見於圖繪者不於彼而於此吾是以知其爲善端之發也吾是以知其爲戒心之萌也其殆警惕夫人爲而謹修其政令也歟其殆致察乎氣運而奉若夫天道也歟夫警惕者萬善之本而衆美之基也公克念於是其可以爲賢乎由是因人事以達於天道因一月之候以觀夫世運

會元以探萬物之幽賾而竆天地之始終皆於是乎始吾是以喜聞而樂道之爲之敘而不辭也

送憲副使毛公致仕歸桐江書院序

正德己巳夏四月貴州按察司副使毛公承上之命得致其仕而歸先是公嘗卜桐江書院於子陵釣臺之側者幾年矣至是將歸老焉謂其志之始獲遂也甚喜而同僚之良惜公之去乃相與咨嗟不忍集而餞之南門之外酒既行有起而言於公者曰君子之道出與處而已其出也有所爲其處也有所樂公始以名進士從政南部理繁治劇偵然已有公輔之望

及爲方面於雲貴之間者十餘年內釐其軍民外撫
諸戎蠻夷政務舉而德威著雖或以是召嫉取謗而
名稱亦用是益顯建立暴於天下斯不謂之有所爲
乎今茲之歸脫屣聲利琴竿讀書樂泉石之清幽就
烟霞而屏迹寵辱無所與而世累無所加斯不謂之
有所樂乎公於出處之際其亦無憾焉耳已公起拜
謝復有言者曰雖然公之出而仕也太夫人老矣先
大夫忠襄公又遺未盡之志欲仕則遺其母欲養則
遺其父不得已權二者之輕重出而自奮於功業人
徒見公之憂勞爲國而忘其家不知凡以成忠襄之

志而未嘗一日不在於太夫人之養也今而歸吉成於忠襄之廟拜太夫人於膝下旦夕承懽伸色養之孝公之願遂矣而其勞國勤民拳拳不舍之念又何能釋然而忘之則公雖欲一日遂歸休之樂蓋亦有所未能也公復起拜謝又有言者曰雖然君子之道用之則行舍之則藏用之而不行者往而不返者也舍之而不藏者溺而不止者也公之用也既有已行之其舍之也有弗能藏者乎吾未見夫有其用而無其体者也公又起拜遂行陽明山人聞其言而論之曰始之言道其事也而未及於其心次之言者得公

之心矣而未盡於道終之言者盡於道矣不可以有加矣斯公之所允蹈者乎諸大夫皆曰然子盍書之以贈從者

○○龍場生問答

龍場生問於陽明子曰夫子之言於朝侶也愛不忘乎君也今者譴於是而汲汲於求去殆有所渝乎陽明子曰吾今則有間矣今吾又病是以欲去也龍場生曰夫子之以病也則吾既聞命矣敢問其所以有間何謂也昔爲其貴而今爲其賤昔處於內而今處於外歟夫乘田委吏孔子嘗爲之矣陽明子曰非是

之謂也君子之仕也以行道不以道而仕者竊也今吾不得爲行道矣雖古之有祿仕未嘗奸其職也曰牛羊茁壯會計當也今吾不無愧焉夫祿仕爲貧也而吾有先世之田力耕足以供朝夕子且以吾爲道乎以吾爲貧乎龍場生曰夫子之來也譴也非仕也子於父母惟命之從臣之於君同也不曰事之如一而可以拂之無乃爲不恭乎陽明子曰吾之來也譴也非仕也吾之譴也乃仕也非役也役者以力仕者以道力可屈也道不可屈也吾萬里而至以承譴也然猶有職守焉不得其職而去非以譴也君猶父母

事之如一、固也不曰就養有方乎惟命之從而不以
道是妾婦之順非所以爲恭也龍場生曰聖人不敢
忘天下賢者而皆去君誰與爲國矣曰賢者則忘天
下乎夫出溺於波濤者沒人之能也陸者冒焉而胥
溺矣吾懼於胥溺也龍場生曰吾聞賢者之有益於
人也惟所用無擇於小大焉若是亦有所不利歟曰
賢者之用於世也行其義而已義無不宜無不利也
不得其宜雖有廣業君子不謂之利也且吾聞之人
各有能有不能惟聖人而後無不能也吾猶未得爲
賢也而子責我以聖人之事固非其擬矣曰夫子不

脩於用也夫子而苟脩於用蘭蕙榮於堂階而芬馨被於几席萑葦之刈可以覆垣草木之微則亦有然者而况賢者乎陽明子曰蘭蕙榮於堂階也而後芬馨被於几席萑葦也而後可刈以覆垣今予將以蘭蕙而責之以覆垣之用予爲愛之耶抑爲害之耶

象廟記

靈博之山有象祠焉其下諸苗夷之居者咸神而事之宣慰安君因諸苗夷之請新其祠屋而請記於予予曰毀之乎其新之也曰新之新之也何居乎曰斯祠之肇也蓋莫知其原然吾諸蠻夷之居是者自吾

父吾祖遡曾高而上皆尊奉而禋祀焉舉之而不敢廢也予曰胡然乎有鼻之祠唐之人蓋嘗毀之象之道以爲子則不孝以爲弟則傲斥於唐而猶存於今毀於有鼻而猶盛於茲土也胡然乎我知之矣君子之愛若人也推及於其屋之烏而况於聖人之弟乎哉然則祀者爲舜非爲象也意象之死其在干羽既格之後乎不然古之驁桀者豈少哉而象之祠獨延於世吾於是益有以見舜德之至入人之深而流澤之遠且久也象之不仁蓋其始焉爾又烏知其終之不見化於舜也書不云乎克諧以孝烝烝乂不格姦

嚚瞍亦允若則已化而為慈父象猶不弟不可以為
諧進治於善則不至於惡不抵於姦則必入於善信
乎象蓋已化於舜矣孟子曰天子使吏治其國象不
得以有為也斯蓋舜愛象之深而慮之詳所以扶持
輔導之者之周也不然周公之聖而管蔡不免焉斯
可以見象之既化於舜故能任賢使能而安於其位
澤加於其民既死而人懷之也諸侯之卿命於天子
蓋周官之制其殆倣於舜之封象歟吾於是益有以
信人性之善天下無不可化之人也然則唐人之毀
之也據象之始也今之諸夷之奉之也承象之終也

斯義也君將以表於世使知人之不善雖君參爲猶可以改而君子之修德及其至也雖君參之不仁而猶可以化之也

恩壽雙慶詩後序

正德丙寅月徒泐隱王公壽七十配孺人嚴六十有九其年

天子以厥子侍御君貴封公監察御史配爲孺人在

朝之彥咸爲歌詩俟

上之德以祝公壽美侍御君之賢文明年侍御君奉

命巡按貴陽以王事之靡盬將厥父母之弗遑也載

是冊㠯俱每陟屺岵望飛雲徘徊瞻戀喟然而興嘆黯然而長思輒取是冊而披之而徵諷之而長歌詠嘆之㠯舒其懷見其志雖身在萬里固若稱觴膝下聞詩禮而趨於庭也大夫士之有事於貴陽者自都憲王公而下復相與歌而和之聯爲巨帙屬守仁敘於其後夫孝子之於親固有不必捧觴戲綵㠯爲壽不必柔滑旨甘㠯爲養不必候起居奔走扶擕㠯爲勞者非子之心謂不必如是也子之心顧如是而親㠯爲不必如是必如彼而後吾之心始樂也子必爲是不爲彼㠯拂其情而曰吾㠯爲孝其得爲養志乎

孝莫大乎養志親之願於其子者曰弘乃德遠乃猷噫嘻旦夕孰與名垂簡冊曰顯我於燕盡飲食口體孰與承被生民曰張我之能施服勞奔走孰與比迹夔皐曰明我之能教非必親之願於其子者咸若是也親曰是願其子而子弗能焉弗可得而願也子能之而親弗曰願其子焉弗可得而能也曰是願其子者譬父母也曰是承於其父母者譬子也二者恒百不一遇焉其庸可冀乎侍御君之在

朝則忠愛達於上其巡按於茲也則德威敷於下凡其宣布恩惠摩赤子起其疾而乳哺之者孰非公與

孺人之慈、凡其、懾大奸、使不得肆、祛大弊、使不復作、爬梳調服、撫諸夷而納之夏、㠯免天子一方之顧慮者、孰非侍御君之孝、而凡若此者、亦孰非侍君之所㠯壽、於公與孺人之壽哉、公孺人之賢、蘄太史之序詳矣、其所㠯修其身教其家、誠可謂有是父、有是子、是詩之作不為虛與諛、故為序之云爾、

卧馬塚記

卧馬塚在宣府城西北、十餘里、有山隆然來自滄洋、若湧若滀若奔若伏、布為鬠禋、擁為罨覆釜、漫衍陂迤、

環抱涵迴中凝外完內缺門若合流泓洄高岸屛塞限㠯重河數爲廣野桑乾燕尾遠泛近挹今都憲懷來王公實葬厥考大卿於是方公之卜兆也禱於大卿然後出從事屢如未迪末迺來茲顧瞻徘徊心契神得將歸而加諸卜爰視公馬眷然跽卧嚏嗅盤旋繾綣嘶抹若故㠯啓公之意者公曰嗚呼其弗歸卜先公則既命於此矣就其地窆馬厥土五色厥石四周融潤煦淑面勢還拱既葬弗震弗崩安靖妥謐植樹葱蔚蕃草芬茂禽鳥哺集風氣凝毓產祥萃休祉福騈降鄉人謂公孝感所致相與名其封曰卧馬㠯

志厥祥從而歌之士大夫之聞者又從而和之正德戊辰守仁謫貴陽見公於巡撫臺下出聞是於公之鄉人客有在坐者曰公其休服於無疆哉昔在士行牛眠協兆峻陟三公公茲實類於是守仁曰此非公意也公其慎厥終惟安親是圖以庶幾無憾焉耳已豈以徼福於躬利其嗣人也哉雖然仁人孝子則天無弗比無弗佑匪自外得也親安而誠信竭心斯安矣心安則氣和和氣致祥其多受祉福以流衍於無盡固理也哉他日見於公以鄉人之言問焉公曰信以守仁之言正焉公曰嗚呼是吾之心也子知之其

遂志之旨訓於我子孫毋替我先公之德

賓陽堂記

傳之堂東向曰賓陽取堯典寅賓出日之義志向也賓曰羲之職而傳冒焉傳職賓賓羲旨賓賓之寅而賓曰傳旨賓日之寅而賓賓也不曰日易陽之屬爲日爲元爲善爲吉爲亨治其於人也爲君子其義廣矣備矣內君子而外小人爲泰曰賓自外而內之傳將旨賓君子而內之也傳旨賓君子而容有小人焉則如之何曰吾知旨君子而賓之耳吾旨君子而賓之也○其甘爲小人乎哉爲賓日之歌曰出而歌之

賓至而歌之歌曰日出東方再拜稽首人曰予狂匪日之寅吾其怠荒東方日出稽首再拜人曰予傎匪日之憂吾其荒怠其翳其曀其日惟霽其昫其霧其日惟雨匆忤其昫倏焉㠯霿匆謂終翳或時其曀曀其光矣其光熙熙與尒偕作與尒偕息倏其霿矣或時㠯熙或時㠯熙孰知我悲

重修月潭寺建公館記

興隆之南有岩曰月潭壁立千仞層疊數百尺其上頫洞玲瓏浮者若雲霞亘者若虹霓豁若樓殿門闕懸若鼓鐘編磬幨幢纓絡若摶風之鵬翱集翔鵠蝸

虺之糾蟠猱猊之駭攫譎奇變幻不可具狀而其下澄潭邃谷不測之洞環秘回伏喬林秀木垂蔭蔽虧鳴瀑清溪停洄引映天下之山萃於雲貫連亘萬里際天無極行旅之往來日攀緣下上於窮崖絕壑之間雖雅有泉石之癖者一入雲貴之途莫不困踣煩厭非復夙好而惟至於茲岩之下則又皆洒然開豁心洗目醒雖庸儔俗侶素不知有山水之遊者亦皆徘徊顧盼相與延戀而不忍去則茲岩之勝蓋不言可知矣岩界興隆偏橋之間各數十里行者至是皆憊頓飢悴宜有休息之所而岩麓故有寺附岩之戍

卒官吏與凡苗夷犵狇之種連屬而居者歲時令節皆於是焉鞏祝寺漸燕廢行禮無所憲副滇南朱君文瑞按部至是樂玆岩之勝憫行旅之艱而從士民之請也乃捐資化材新其寺於岩之右以爲鞏祝之所曰吾聞爲民者順其心而趨之善今苗夷之人知有尊君親上之禮而憾於弗伸也吾從而利道之不亦可乎則又因寺之故材與址架樓三楹以爲部使者休食之館曰吾聞爲政者因勢之所便而成之故事適而民逸今旅無所舍而使者之出師行百里飢不得食勞不得息吾圖其可久而兩利之不亦可乎

使遊僧正觀任其勞指揮狄遠度其工千戶某某相其役遠近之施捨勤助者欣然而集不兩月而工告畢自是飢者有所炊勞者有所休遊觀者有所會釐祝者有所瞻依自爲竭虔效誠之地而茲岩之奇若增而益勝也正觀將記其事於石適予過而請焉予惟君子之政不必專於法要在宜於人君子之教不必泥於古要在入於善是舉也蓋得之矣况當法網嚴密之時衆方喘息憂危動慮牽觸而乃能從容於山水泉石之好行其心之所不愧者而無求免於俗焉斯其非見外之輕而中有定者能若是乎是誠不

嗟嗟惻惻讀之如過墟墓不覺令人哀傷未以歌懿之尤見曠觀達識

可已不志也矣寺始於戊辛周齋公成於遊僧德彬、增治於指揮劉瑄常智李勝及其屬王威韓儉之徒、至是凡三緝而公館之建則自今日始餘姚王守仁記、

8 瘞旅文

維正德四年秋七月三日有吏目云自京來者不知其名氏攜一子一僕將之任過龍場投宿土苗家予從籬落間望見之陰雨昏黑欲就問訊北來事不果明早遣人覘之已行矣薄午有人自蜈蚣坡來云一老人死坡下傍兩人哭之哀予曰此必吏目死矣傷

哉薄暮復有人來云坡下死者二人傍一人坐嘆詢
其狀則其子又死矣明早復有人來云見坡下積尸
三焉則其僕又死矣嗚呼傷哉念其暴骨無主將二
童子持畚鍤往瘞之二童子有難色然予曰噫吾與
尒猶彼也二童憫然涕下請往就其傍山麓爲三坎
埋之又㠯隻雞飯三盂嗟吁涕洟而告之曰嗚呼傷
哉繄何人繄何人吾龍場驛丞餘姚王守仁也吾與
尒皆中土之產吾不知尒郡邑尒烏爲乎來爲茲山
之鬼乎古者重去其鄉遊宦不踰千里吾㠯竄逐而
來此宜也尒亦何辜乎聞尒官吏目耳俸不能五斗

爾率妻子躬耕可有也烏爲乎以五斗而易爾七尺之軀又不足而益以爾子與僕乎嗚呼傷哉爾誠戀茲五斗而來則宜欣然就道烏爲乎吾昨望見爾容蹙然蓋不任其憂者夫衝冒霧露扳援崖壁行萬峰之頂飢渴勞頓筋骨疲憊而又瘴癘侵其外憂鬱攻其中其能以無死乎吾固知爾之必死然不謂若是其速又不謂爾子爾僕亦遽爾奄忽也皆爾自取謂之何哉吾念爾三骨之無依而來瘞爾乃使吾有無窮之愴也嗚呼傷哉縱吾不爾瘞幽崖之狐成群陰壑之虺如車輪亦必能葬爾於腹不致久暴露爾爾

旣已無知然吾何能爲心乎自吾去父母鄉國而來此二年矣歷瘴毒而苟能自全以吾未嘗一日之戚戚也今悲傷若此是吾爲爾者重而自爲者輕也吾不宜復爲爾悲矣吾爲爾歌爾聽之歌曰連峰際天兮飛鳥不通遊子懷鄉兮莫知西東莫知西東兮維天則同異域殊方兮環海之中達觀隨寓兮奚必予宮魂兮魂兮無悲以恫又歌以慰之曰與爾皆鄉土之離兮蠻之人言語不相知兮性命不可期吾苟死於兹兮率爾子僕來從予兮吾與爾遨以嬉兮驂紫彪而乘文螭兮登望故鄉而噓唏兮吾苟獲生歸兮

尒子尒僕尚尒隨兮無以無侶悲兮道傍之塚累累兮多中土之流離兮相與呼嘯而徘徊兮飧風飲露無尒飢兮朝友麋鹿暮猿與栖兮尒安尒居兮無為厲於兹墟兮

玩易窩記

陽明子之居夷也穴山麓為窩而讀易其間始其未得也仰而思焉俯而疑焉函六合入無微茫乎其無所指孑乎其若株其或得之也沛兮其若决瞭兮其若徹菹淤出焉精華入焉若有相者而莫知其所以然其得而玩之也優然其休焉充然其喜焉油然其

春生焉精粗一外内翕視險若夷而不知其夷之爲阨也於是陽明子撫几而嘆曰嗟乎此古之君子所以甘囚奴忘拘幽而不知其老之將至也夫吾知所以終吾身矣名其窩曰玩易而爲之説曰夫易三才之道備焉古之君子居則觀其象而玩其辭動則觀其變而玩其占觀象玩辭三才之体立矣觀變玩占三才之用行矣体立故存而神用行故動而化神故知周萬物而無方化故範圍天地而無迹無方則象辭基焉無迹則變占生焉是故君子洗心而退藏於密齊戒以神明其德也蓋昔者夫子嘗韋編三絶焉

議論宏卓真學足為舉業家頂門一針

嗚呼假我数十年㠯學易其亦可㠯無大過巳夫

◎重刊文章軌範敘

宋謝枋得氏取古文之有資於場屋者自漢迄宋凡六十有九篇標揭其篇章句字之法名之曰文章軌範盖古文之奥不止於是是獨為舉業者設耳世之學者傳習已久而貴陽之士獨未之多見侍御王君汝楫於按歷之暇手錄其所記憶求善本而校是之謀諸方伯郭公輩相與捐俸廪之資鋟之梓將㠯嘉惠貴陽之士曰枋得為宋忠臣固㠯舉業進者是吾徽有訓焉屬守仁敘一言於簡首夫自百家之言興

而後有六經自舉業之習起而後有所謂古文古文之去六經遠矣由古文而舉業又加遠焉士君子有志聖賢之學而專求之於舉業何啻千里然中世以是取士士雖有聖賢之學堯舜其君之志不以是進終不大行於天下蓋士之始相見也必以贄故舉業者士君子求見於君之羔雉耳羔雉之弗飾是謂無禮無禮無所庸於交際矣故夫求工於舉業而不事於古作弗可工也弗工於舉業而求於倖進是偽飾羔雉以罔其君也雖然羔雉飾矣而無恭敬之實焉其如羔雉何哉是故飾羔雉者非以求媚於主致吾

誠焉耳。舉業者非以要利於君。致吾誠焉耳。世徒見夫由科第而進者。類多狥私媒利。無事君之實。而遂歸咎於舉業。不知方其業舉之時。惟欲釣聲利。弋身家之腴。以苟一旦之得。而初未嘗有其誠也。鄒孟氏曰恭敬者幣帛之未將者也。伊川曰自洒掃應對可以至聖人。夫知恭敬之實。在於飾羔雉之前。則知堯舜其君之心。不在於習舉業之後矣。知洒掃應對之可以進於聖人。則知舉業之可以達於伊傅周召矣。吾懼貴陽之士謂。二公之為是舉。徒以資其希寵祿之筌蹄也。則二公之志荒矣。於是乎言。

五經臆說序

得魚而忘筌醪盡而糟粕棄之魚醪之未得而曰是筌與糟粕也魚與醪終不可得矣五經聖人之學具焉然自其已聞者而言之其於道也亦筌與糟粕耳竊嘗恠夫世之儒者求魚於筌而謂糟粕之爲醪也夫謂糟粕之爲醪猶近也糟粕之中而醪存求魚於筌則筌與魚遠矣龍塲居南夷萬山中書卷不可攜日坐石穴默記舊所讀書而錄之意有所得輒爲之訓什期有七月而五經之旨略遍名之曰臆說盖不必盡合於先賢聊寫其胸臆之見而因以娛情養性

焉耳則吾之爲是固又忘魚而釣寄興於麯糵非誠旨於味者矣嗚呼觀吾之說而不得其心且爲是亦筌與糟粕也從而求魚與醪焉則失之矣夫說凡四十六卷經各十而禮之說尚多缺僅六卷云

○答友人

詢及神仙有無無請其事三至而不答非不欲答也無可答耳昨令弟來必欲得之僕誠生八歲而郎好其說今已餘三十年矣齒漸搖搖髮已有一二莖變化成白目光僅盈尺聲聞亟丈之外又能經月卧病不出藥量驟進此殆其效也而相知者猶妄謂之能

得其道足下又妄聽之而自見詢不得已姑爲足下
妄言之古有至人淳德凝道和於陰陽調於四時去
世離俗積精全神遊行天地之間視聽八遠之外若
廣成子之千五百歲而不衰李伯陽歷商周之代西
度函谷亦嘗有之若是而謂之曰無疑於斯乎矣然
其呼吸動靜與道爲体精骨完久禀於受氣始先殆
天之所成非人力可強也若後世拔宅飛昇點化投
奪之類譎怪奇駭是乃秘術曲技君文子所謂幻釋
氏謂之外道者也若是而謂之曰有亦疑於斯乎矣
夫有無之間非言語可況存久而明養深而自得之

未至而強喻信亦未必能及也蓋吾儒亦自有神仙之道顔子三十二而卒至今未亡也足下能信之乎後世上陽子之流蓋方外技術之士未可以爲道若達磨慧能之徒則庶幾近之矣然而未易言也足下欲聞其說須退處山林三十年全耳目一心志胷中洒洒不掛一塵而後可以言此今去仙道尚遠也妄言不罪

答毛憲副書

昨承遣人喻以禍福利害且令勉赴太府請謝此非道誼深情決不至此感激之至言無所容但差人至

龍場陵侮此自差人挾勢擅威非太府使之也龍場諸夷與之爭鬭此自諸夷憤愠不平亦非守仁使之也然則太府固未嘗辱守仁守仁亦未嘗傲太府何所得罪而遽請謝乎跪拜之禮亦小官常分不足以爲辱然亦不當無故而行之不當行而行與當行而不行其爲取辱一也廢逐小臣所守以待死者忠信禮義而已又棄此而不守禍莫大焉凡禍福利害之說守仁亦嘗講之君子以忠信爲利禮義爲福苟忠信禮義之不存雖祿之萬鍾爵以侯王之貴君子猶謂之禍與害如其忠信禮義之所在雖剖心碎首君

子利而行之自以爲福也況於流離竄逐之微乎守仁之居此蓋瘴癘蠱毒之與處魑魅魍魎之與遊日有三死焉然而居之泰然未嘗以動其中者誠知生死之有命不以一朝之患而忘其終身之憂也太府苟欲加害而在我誠有以取之則不可謂無憾使吾無有以取之而橫罹焉則亦瘴癘而已爾蠱毒而已爾魑魅魍魎而已爾吾豈以是而動吾心哉執事之諭雖有所不敢承然因是而益知所以自勵不敢苟有所隳墮則守仁也受教多矣敢不頓首以謝

與安宣慰書

守仁得罪

朝廷而來惟竄伏陰厓幽谷之中以禦魑魅則其所宜故雖夙聞使君之高誼經旬月而不敢見若甚簡伉者然省愆内訟痛自削責不敢比數於冠裳則亦逐臣之禮也使君不以為過使廪人餽粟庖人餽肉圃人代薪水之勞亦寧不貴使君之義而諒其為情乎自惟罪人何可以辱守土之大夫懼不敢當輒以禮辭使君復不以為罪昨者又重之以金帛副之以鞍馬禮益隆情益至守仁益用震悚是重使君之辱而甚逐臣之罪也愈有所不敢當矣使者堅不可却

求其說而不得無已其周之乎周之亦可受也敬受米一石柴炭鷄鵝悉受如來数其諸金帛鞍馬使君所㠯交於卿士大夫者施之逐臣殊駭觀聽敢固㠯辭伏惟使君處人㠯禮恕物㠯情不至再辱則可矣

○○○文

減驛事非罪人所敢與聞承使君尊愛因使者至開問及之不謂其遂達諸左右也悚息悚息然已承見詢則又不可默凡

朝廷制度定自

祖宗後世守之不敢㠯擅改改在

朝廷且謂之變亂究諸侯乎縱
朝廷不見罪有司者將執法以繩之使君必且無益
縱遂幸免於一時或五六年或八九年雖遠至三
十年矣當事者猶得持典章而議其後若是則使君
何利焉使君之先自漢唐以來千幾百年土地人民
未之或改所以長久若此者以能世守天子禮法竭
忠盡力不敢分寸有所違越故天子亦不得踰禮法
無故而加諸忠良之臣不然使君之土地人民富且
盛矣
朝廷悉取而郡縣之其誰以為不可夫驛可減也亦

可增也驛可改也宣慰司亦可革也由此言之殆甚
有害使君其末之思耶所云奏功陞職事意亦如此
夫剗除寇盜以撫綏平民亦守土之常職今縷舉以
要賞則
朝廷平日之恩寵禄位顧將欲以何爲使君爲參政
亦已非設官之舊今又干進不已是無抵極也最必
不堪夫宣慰守土之官故得以世有其土地人民若
參政則流官矣東西南北惟
天子所使
朝廷下方尺之檄委使君以一職或閩或蜀其敢弗

讀此使毛髮慄然

行乎則天命之誅不旋踵而至捧檄從事于百年之土地人民非復使君有矣由此言之雖今日之叅政使君將恐辭去之不速其又可再乎凡此旨利害言揆之於義義又之於心使君必自有不安者夫拂心違義而行畏所不與鬼神所不嘉也承問及不敢不旨正對幸亮察

又

阿買阿札等畔宋氏爲地方患傳者謂使君使之此雖或出於姑婦之口然阿買等自言使君嘗錫之旨氊刀遺之旨弓弩雖無其心不幸乃有其迹矣始三

堂兩司得是說即欲聞之於
朝旣而以使君平日忠實之故未必有是且信且疑
姑令使君討賊苟遂出軍勦撲則傳聞皆妄何可以
濫及忠良其或坐觀逗遛徐議可否亦未爲晚故且
隱息其議所以待使君者甚厚旣而文移三至使君
始出衆論紛紛疑者將信喧騰之際適會左右來獻
阿麻之首偏師出解洪邊之圍群公文復徐徐令文
三月餘矣使君稱疾歸臥諸軍以次潛回其間分屯
寨堡者不聞擒斬以宣國威惟增摽掠以重民怨衆
情愈益不平而使君之民罔所知識方揚言於人謂

宋氏之難當使宋氏自平安氏何與而反爲之役我
安氏連地千里擁衆四十八萬深坑絕坉飛鳥不能
越猿猱不能攀緣遂高坐不爲宋氏出一卒人亦柰
如我何斯言已稍稍傳播不知三堂兩司已嘗聞之
否使君誠又卧不出安氏之禍必自斯言始矣使君
與宋氏同守土而使君爲之長地方變亂皆守土者
之罪使君能獨委之宋氏乎夫連地千里孰與中土
之一大郡擁衆四十八萬孰與中土之一都司深坑
絕坉安氏有之然如安氏者環四靣而居邑百数也
今播州有楊愛愷黎有楊友酉陽保靖有彭世麒等

諸人斯言苟聞於朝

朝廷下片紙於楊愛諸人使各自爲戰共分安氏之所有蓋朝令而夕無安氏矣深坑絶岫何所用其險使君可無寒心乎且安氏之職四十八支更迭而爲今使君獨傳者三世而群支莫敢爭以

朝廷之命也苟有可乘之釁孰不欲起而代之乎然則揚此言於外召速安氏之禍者殆漁人之計蕭墻之憂未可測也使君宜速出軍平定反側破衆讒之口息多端之議弭方興之變絶難測之禍補既往之愆要將來之福守仁非爲人作説客者使君幸熟思

之、

論元年春王正月

聖人之言明白簡實而學者每求之於艱深隱奧是以爲論愈詳而其意益晦春秋書元年春王正月蓋仲尼作經始筆也以予觀之亦何有於可疑而世儒之爲說者或以爲周雖建子而不改月或以爲周改月而不改時其最爲有據而爲世所宗者則以夫子嘗欲行夏之時此以夏時冠周月蓋見諸行事之實也紛紛之論至不可勝舉遂使聖人明易簡實之訓反爲千古不決之疑嗟夫聖人亦人耳豈獨其言之

有遠於人情乎哉而儒者以為是聖人之言而必求之於不可窺測之地則已過矣夫聖人之示人無隱若日月之垂象於天非有變怪恍惚有目者之所睹而及其至也巧曆有所不能計精於理者有弗能盡知也如是而已矣若世儒之論豈是後世任情用智拂理亂常者之為而謂聖人為之耶夫子嘗曰吾從周又曰非天子不議禮不制度生乎今之世反古之道災及其身者也仲尼有聖德無其位而改周之正朔是議禮制度自己出矣其得為從周乎聖人一言世為天下法而身自違之其何以訓天下夫子患天下

之衰狄橫諸侯強背不復知有天王也於是乎作春秋以誅僭亂尊周室正一王之大法而已乃首改周之正朔其何以服亂臣賊子之心春秋之法變舊章者必誅若宣公之稅畝紊王制者必誅若鄭莊之歸祊無王命者必誅若莒人之入向是三者之有罪固猶未至於變易天王正朔之甚也使魯宣鄭莊之徒舉是以詰天子則將何辭以對是攘隣之鷄而惡其為盜責人之不弟而自毆其兄也豈春秋忠恕先自治而後治人之意乎今必遲於行夏之時之一言而曲為之說以為是固見諸行事之驗又引孟子春秋

天子之事罪我者其惟春秋之言而證之夫謂春秋為天子之事者謂其時天王之法不行於天下而夫子作是以明之耳其賞人之功罰人之罪誅人之惡與人之善蓋亦據事直書而褒貶自見若士師之斷獄辭具而獄成然夫子猶自嫌於侵史之職明天子之權而謂天下後世且將以是而罪我固未嘗敢無罪之人而論斷之曰吾以明法於天下取時王之制而更易之曰吾以垂訓於後人法未及明訓未及垂而已自陷於殺人此於亂逆之黨矣此在中世之士稍知忌憚者所不為而謂聖人而為此亦見其陰黨

於亂逆誣聖言而助之攻也已或曰子之言之則然耳為是說者以伊訓之書元祀十有二月而證周之不改月以史記之稱元年冬十月而證周之不改時是亦未爲無據也子之謂周之改月與時也獨何據乎曰吾據春秋之文也夫商而改月則伊訓必不書曰元祀十有二月秦而改時則史記必不書曰元年冬十月周不改月與時也則春秋亦必不書曰春王正月春秋而書曰春王正月則其改月與時也何疑焉況禮記稱正月七月日至而前漢律曆志武王伐紂之歲周正月辛卯朔合辰在斗前一度戊午師度孟

津明日己未冬至考之太誓十有三年春武成一月壬辰之說皆足以相為發明證周之改月與時而予意直據夫子春秋之筆有不必更援是以為之證者今舍夫子明白無疑之直筆而必欲傍引曲據證之於穿鑿可疑之地而後已是惑之甚也曰如子之言則冬可以為春乎曰何為而不可陽生於子而極於巳午陰生於午而極於亥子陽生而春始盡於寅而猶夏之春也陰生而秋始盡於申而猶夏之秋也自一陽之復以極於六陽之乾而為春夏自一陰之姤以極於六陰之坤而為秋冬此文王之所演而周公

之所係武王周公其論之審矣若夫仲尼夏時之論
則以其關於人事者比之建子爲尤切而非謂其爲
不可也啓之征有扈曰怠棄三正則三正之用在夏
而已然非始於周而後有矣曰夏時冠周月此安定
之論而程子亦嘗云爾曾謂程子之賢而不及是也
何哉曰非謂其知之不及也程子蓋泥於論語行夏
之時之言求其說而不得從而爲之辭蓋推求聖言
之過耳夫論語者夫子議道之書而春秋者魯國紀
事之史議道自夫子則不可以不盡紀事在魯國則
不可以不實道並行而不相悖者也且周雖建子而

不改時與月則固夏時矣而夫子又何以行夏之時云乎程子之云蓋亦推求聖言之過耳庸何傷夫子嘗曰君子不以人廢言使程子而猶在也其殆不廢予言矣

居夷集卷之一終

居夷集卷之二

門人韓柱徐珊校

去婦嘆

楚人有間於新娶而去其婦者其婦無所歸去之山間獨居懷綣不忘終無他適予聞其事而悲之爲作去婦嘆

委身奉箕箒中道成棄捐蒼蠅間白璧君心亦何愆獨嗟貧家女素質難爲妍命薄良自喟敢忘君子賢春華不再艷頹魄無重圓新歡莫終恃令儀慎周還

依違出門去欲行復遲遲鄰嫗盡出別強語含辛悲
陋質容有繆放逐理則宜姑老藉相慰缺乏多所資
妾行長已矣會面當無時
妾命如草芥君身比琅玕奈何以妾故廢食懷憤冤
無爲傷姑意燕尔且爲歡中厨存宿旨爲姑備朝飧
畜育意千緒倉卒徒悲酸伊邇望門屏盍從新人言
夫意已如此妾還當誰顏
去矣勿復道已去還躊躕鷄鳴尚聞響犬戀猶相隨
感此摧肝肺淚下不可揮岡回行漸遠日落群烏飛
群烏各有托孤妾去何之

空谷多凄風，樹木何蕭森。浣衣涓水合，採苓山雪深。
離居寄岩穴，憂患托鳴琴。朝彈別鶴操，暮彈孤鴻吟。
彈苦思彌切，巑岏隔雲岑。君聰甚明哲，何因聞此音。

羅舊驛

客行日日萬峰頭，山水南來亦勝遊。布谷鳥啼村雨暗，刺桐花暝石溪幽。蠻烟喜過青楊瘴，鄉思愁經芳杜洲。身在夜郎家萬里，五雲天北是神州。

沅水驛

辰陽南望接沅州，碧樹林中古驛樓。遠客日憐風土異，空山惟見瘴雲浮。耶溪有信從誰問，楚水無情只

自流却牽此身如野鶴人間隨地可淹留

鐘鼓洞

見說水南多異迹岩頭時有鼓鐘聲空遺石壁千年在未信金砂九轉成遠地星辰瞻北極春山明月坐更深年來夷險還忘卻始信羊腸路亦平

平溪館次王文齋韻

山城寥落閉黃昏燈火人家傍水村清世獨便吾職易窮途還賴此心存巒烟瘴霧承相待琴壁丹崖好共論畎畝投閑終有日小臣何以答君恩

清平衛即事

積雨山途喜乍晴煖雲浮動水花明故園日與青春
遠缺徼縕凉思白苧輕烟際斥衣窺絕棧時土苗方俱殺峰頭
戍角隱孤城華夷節制嚴冠纓漫說殊方列省卿

興隆衛書壁

山城高下見樓臺野戍參差暮角催貫竹路從峰頂
入夜郎人自日邊來鶯花夾道驚春老雉堞連雲向
晚開尺素屢題還屢擲衡南那有鴈飛回

七盤

鳥道縈紆下七盤古藤蒼木峽聲寒境多奇絕非吾
土時可淹留是謫官猶記邊烽傳羽檄近聞苗俗化

衣冠拔簪實有居貳志垂白難承菽水懽

初至龍塲無所止結草菴居之

草菴不及肩旅倦體方適開棘自成籬土階漫無級迎風亦蕭疎漏雨易補緝靈瀨響朝湍深林凝暮色群獠環聚訊語龐意頗質鹿豕且同遊茲類猶人屬污樽映瓦豆盡醉不知夕緬懷黄唐化略稱茆茨迹

始得東洞遂改爲陽明小洞天

群峭會龍塲戟雉四環集邇覯有遺觀遠覽頗未給尋溪涉深林陟巘下層隰東峰叢石秀獨往凌日夕厓穹洞蘿偃苔骨徑路澁月照石門開風飄客衣入

仰窺嵌竇玄俯聆暗泉急愜意恣清夜會景忘旋邑
熠熠岩鶻翻凄凄草蟲泣點詠懷沂朋孔嘆阻陳楫
躊躇且歸休毋使霜露及

移居陽明小洞天

古洞閟荒僻虛設疑相待披萊歷風磴移居快幽塏
營炊就岩竇放榻依石壘穹窒旋薰塞夷坎仍掃灑
卷帙漫堆列樽壺動光彩夷居信何陋恬淡意方在
豈不桑梓懷素位聊無悔
童僕自相語洞居頗不惡人力免結構天巧謝雕鑿
清泉傍廚落翠霧還成幕我輩日嬉偃主人自愉

樂雖無彩戟榮且遠塵囂聒但恐霜雪凝雲深衣絮薄。我聞莞尔笑周慮愧尔言上古處巢窟掊飲皆汙樽沍極陽內伏石穴冬冬暄豹隱文始澤龍蟄身乃存豈無數尺椸輕裘吾不溫邈矣簞瓢于此心期與論

謫居粮絕請學于農將田南山求言寄懷

謫居屢在陳從者有慍見山荒聊可田錢鏄還易辦夷俗多火耕傚習亦頗便及茲春未深數畝猶足佃豈徒實口腹且㠯理荒宴遺穗及鳥雀貧寡發餘羡出耒在明晨山寒易霜霰

觀稼

下田旣宜稌，高田亦宜稷。種蔬須土疏，種蕷須土濕。
寒多不實秀，暑多有螟螣。去草不厭頻，耘禾不厭密。
物理旣可玩，化機還默識。卽是參贊功，毋爲輕稼穡。

採蕨

採蕨西山下，扳援陟崔嵬。遊子望鄉國，淚下心如摧。
浮雲塞長空，頹陽不可囬。南歸斷舟楫，北望多風埃。
已矣供子職，勿更貽親哀。

猗猗

猗猗澗邊竹，青青岩畔松。直幹歷氷雪，密葉留清風。

自期永相托雲壑無違蹤如何兩分植憔悴嘆西東
人事多翻覆有如道上蓬惟應歲寒意隨處還當同

南濵

南濵有瑞鳥東海有靈禽飛遊集上苑結侶珎樹林
顧言飾羽儀共舞簫韶音風雲忽中變一失難相尋
瑞鳥既遭縻靈禽棲荒岑天衢雨雪積江漢虞羅侵
哀哀鳴索侶病翼飛未任群鳥亦千百誰當會其心
南嶽有竹實丹溜青松陰何特共棲息求托雲泉深

溪水

溪石何落落溪水何泠泠坐石弄溪水欣然濯我纓

溪水清見底照我白髮生年華若流水一去無回停
悠悠百年內吾道終何成

龍岡新構

諸夷以予穴居頗陰濕請構小廬欣然趨事
不月而成諸生聞之亦皆來集請名龍岡書
院其軒曰何陋

謫居聊假息荒穢亦須治鑿巘薙林條小構自成趣
開窓入遠峰架扉出深樹墟寨俯逶迤竹木互蒙翳
畦蔬稍溉鋤花藥頗襍蒔宴適豈專予來者得同憩
輪奐匪致美毋令易傾敝

營茅秉田隙洽旬如苟完初心待風雨落成還美觀
鋤荒既開徑拓樊亦理園低簷避松偃疏土行竹根
勿剪牆下棘束列因可籬莫擷林間蘿蒙籠覆雲軒
素缺農圃學因茲得深論毋為輕鄙事吾道固斯存

諸生來

簡滯動惟咎廢幽得幸免衰居雖異俗野朴意所眷
思親獨夜心疾憂庸自遣門生頗群集樽學亦時展
講習性所樂記問復懷靦林行或沿澗洞遊還陟巘
月榭坐鳴琴雲窓卧披卷澹泊生道真曠達匪荒宴
豈必鹿門棲自得乃高踐

、西園

方園不盈畝蔬卉頗成列分溪免甕灌補籬防豕蹢蕪草稍焚薙清雨夜來歇濯濯新葉敷熒熒夏花發放鋤息重陰舊書漫披閱倦枕竹下石醒望松間月起來步閑謠晚酌簷下設盡醉即草鋪忘與隣翁別

、水簾洞

送遠憩岨谷濯纓俯清流沿溪步危石曲洞藏深幽花靜馥常閟溜暗光亦浮平生泉石好所遇成淹留好鳥忽雙下鯈魚亦群遊坐久塵慮息澹然與道謀

山石

山石猶有理，山木猶有枝。人生非木石，別久寧無思。愁來步前庭，仰視行雲馳。行雲隨長風，飄飄去何之。行雲有時定，遊子無還期。高深始歸燕，題鴂已先悲。有生豈不苦，逝者長若斯。已矣復何事，商山行采芝。

無寐

烟燈曖無寐，憂思坐長往。寒風振喬林，葉落聞窓響。起窺庭月光，山空遊罔象。懷人阻積雪，崖氷幾千丈。

窮崖多雜樹，上與青冥連。穿雲下飛瀑，誰能識其源。但聞清猿嘯，時見皓鶴翻。中有避世士，冥寂棲其巔。

繄予亦同調路絕難攀緣

諸生夜坐

謫居澹虛寂眇然懷同游日入山氣夕孤亭俯平疇草際見數騎取徑如相求漸近識顏面隔樹停鳴騶投轡雁鶩進携榼各有羞分席夜堂坐絳蠟清樽浮鳴琴復散帙壺矢交觥籌夜弄溪上月曉陟林間丘村翁或招飲洞客偕探幽講習有真樂談笑無俗流緬懷風沂興千載相爲謀

艾草　次胡少參韻

艾草莫艾蘭蘭有芬芳姿况生幽谷底不礙君稻畦

艾之亦何益徒令香氣衰荊棘生蒲道出刺傷人肌持刀忌觸手睨視不敢揮艾草須艾棘勿爲棘所欺

鳳雛　次韻答胡必棻

鳳雛生高崖風雨摧其巢餋育深林中百鳥驚辟易虞人視爲妖舉網爭彈弋此本王者瑞惜哉誰能識吾方哀其竆胡忍復相戹鴟梟擾叢林驅鳥恣搏食嗟爾獨何心梟鳳如白黑

鸚鵡　和胡韻

鸚鵡生隴西群飛恣鳴遊何意虞羅及充貢來中州金絲摩華屋雲泉謝林丘能言實階禍吞聲亦何求主人有隱惡竊發聞其謀感君惠養德一語思所酬

懼君不見察殺身反爲右

諸生

人生多離別佳會難再遇如何百里來三宿便辭去有琴不肯彈有酒不肯御遠陟見深情寧乎有弗顧洞雲還自棲溪月誰同步不念南寺時寒江雪將暮不記西園日桃花夾川路相去倏幾月秋風落高樹富貴猶塵沙浮名亦飛絮嗟我二三子吾道有真趣胡不携書來茆堂好同住

遊來仙洞早發道中

霜風清木葉秋意生蕭疎衝星策曉騎幽事將有祖

腹蟲亂飛擲道狹草露濡傾暑特晨發征夫已先途
淅米石間溜炊火叢中廬烟峰上初日林鳥相嚶呼
意欣物情適戰勝癯色腴行樂信宇宙富貴非吾圖

別友

幽尋意方結奈此世累牽夌晨驅馬別持杯且為傳
相求豈非遠山路多風烟所貴明哲士秉道非苟全
去矣崇令德吾亦行歸田

贈黃太守澍

歲宴鄉思切客久親舊疎卧疴閑空院忽來故人車
入門辨眉宇喜定還驚吁遠行亦安適符竹膺新除

荒郡號難理況茲征索餘君才素通敏窘劇宜有紓
蠻鄉雖瘴毒遂客猶安居經濟非復事時還理殘書
山泉足遊憩麋鹿能友于瀟然穹壤內容膝皆吾廬
惟縈垂白念旦夕懷歸圖君行勉三事吾計終五湖

寄友用韻

懷人坐沉夜帷燈曖幽光耿耿積煩緒忽忽如有忘
玄景逝不處朱炎化微凉相彼谷中葛重陰殞萎黃
感此遊客子經年未還鄉伊人不在目絲竹徒滿堂
天深鴈書杳夢短關塞長情好矢無斁願言覯終償
惠我金石編徽音激宮商馳輝不可即式尔增予傷

馨香髓肝膂聊用中心藏

秋夜

樹暝栖翼喧螢飛夜堂靜遥穹出晴月低簷入峯影
窅然坐幽獨怵尒抱深警年徂道無聞心違迹未屛
蕭瑟中林秋露凝松桂冷山泉豈無適離人懷故境
安得駕雲鴻高飛越南景

採薪

朝採山上荊暮採谷中栗深谷多淒風霜露霑衣濕
採薪勿辭辛昨來斷新拾晚歸陰壑底抱甕還自汲
新水良獨勞不愧食吾力

倚擔青厓際歷斧厓下石持斧起環顧長松百餘尺徘徊不忍揮俯畧澗邊棘同行唉吾餒尒斧安用歷快意豈不能物材各有適可以相天子衆稱詎足識

龍岡漫興

投荒萬里入炎州、却喜官卑得自由。心在夷居何有陋。身雖吏隱未忘憂。春山卉服時相問。雪寨藍輿每獨遊。擬把犁鋤從許子。謾將絃誦比言游。

旅況蕭條寄草堂。虛簷落日自生涼。芳春已共烟花盡。孟夏俄驚草木長。絕壁千尋凌杳靄。深厓六月宿氷霜。人間不有宣尼叟。誰信申棖未是剛、路僻官卑病益閑，空林惟聽鳥間關。地無醫藥還書卷，身處蠻夷亦故山。用世謾懷伊尹恥，思家獨切老萊斑。夢魂無喜無餘事，只在耶溪舜水灣。

卧龍一去亡消息，千古龍岡漫有名。草屋何人方管樂，桑間無耳聽咸英。江沙漠漠遺雲鳥，草木蕭蕭動甲兵。好共鹿門龐處士，相期採藥入青冥。

歸與吾道在滄浪，顔氏何曾擊柝忙。枉尺已非賢者事，斲輪徒有古人方。白雲晚憶歸若洞，蒼蘚春應徧石床。寄語峰頭雙白鶴，野夫終不久龍場。

答毛拙庵見招書院

野夫病卧成疎懶，書卷長拋舊學荒。豈有威儀堪法象，實慚文檄過稱揚。移居正擬投醫肆，虗席仍煩避講堂。範我定應無所獲，空令多士笑王良。

老檜

老檜斜生古驛傍，客來繫馬解衣裳。托根非所還憐汝，直幹不撓終異常。風雪凛然存節槩，刮摩聊亦見文章。何當移植山林下，偃蹇從渠拂漢蒼。

却巫

卧病空山無藥石，相傳士俗事神巫。吾行久矣將焉禱，衆議紛然反見迂。積習片言容未解，輿情三月或

應乎也知伯有能爲厲自笑孫僑非大夫、

過天生橋

水光如練落長松雲際天橋隱白虹遼鶴不來華表爛仙人一去石樓空徒聞鼉駕橫秋夕謾說秦鞭到海東移放長江還濟險可憐虛却萬山中

南霽雲祠

死矣中丞莫謾疑孤城援絕久知危賀蘭未滅空遺恨南八如生定有爲風雨長廊嘶鐵馬松杉陰霧捲靈旗英魂千載知何處歲歲邊人賽旅祠、

春晴

林下春晴風漸和高岩殘雪已無多遊絲冉冉花枝靜青壁迢迢白鳥過忽向山中懷舊侶幾從洞口夢烟蘿客衣塵土終須換好與湖邊長芰荷

陸廣曉發

初日曈曈似晚霞雨痕新霽渡頭沙溪深幾曲雲藏峽樹老千年雪作花白鳥去邊迴驛路青崖缺處見人家遍行奇勝才經此江上無勞羨九華

雪夜

天涯久客歲侵尋茆屋新開楓樹林漸慣省言因病齒屢經多難解安心猶憐未繫蒼生望且得閒爲白

石吟。乘興寬最堪風雪夜。小舟何日返山陰。

元夕

故園今夕是元宵。獨向蠻村坐寂寥。賴有遺經堪作伴。喜無車馬過相邀。春還草閣梅先動。月滿虛庭雪未消。堂上花燈諸弟集。重闈應念一身遙。

去年今夕卧燕臺。銅鼓中宵隱地雷。月傍苑樓燈彩淡。風傳閣道馬蹄迴。炎荒萬里頻回首。羗笛三更謾自哀。尚憶先朝多樂事。

孝皇曾爲兩宮開。

家僮作紙燈

寥落荒村燈事賒蠻奴試巧剪春紗花枝淖約含輕霧月色玲瓏映綺霞取辦不徒酬令節賞心兼是惜年華何如京國王侯第一盞中人產十家

白雲堂

白雲僧舍市橋東別院迴廊小徑通歲古簷松存獨幹春還庭竹發新叢晴窓映群峯雪清梵長飄高閣風還客從來甘寂寞青鞋時過月明中

來仙洞

古洞春寒客到稀綠苔荒徑草霏霏書懸絕壁留僧偈花發層蘿繡佛衣壺榼遠從童冠集杖藜隨處宣

情微石門遥鎖陽明鶴應咲山人久未歸

木閣道中雪

瘦馬支離緣絶壁連峰窅窕入層雲山村樹暝驚鴉陣澗道雪深逢鹿群東合衡茅炊火斷望迷孤戍暮笳聞正思講席諸賢在絳蠟清醅坐夜分

元夕雪用蘇韻

林間暮雪定歸鴉山外鈴聲報使車玉盞春光傳柏葉夜堂銀燭亂簷花蕭條音信愁邊鴈迢遞関河夢裏家何日扁舟還舊隱一簑江上把魚叉

寒威入夜益廉纖酒甕爐床亦戒嚴久客漸憐衣有

結蠻居長嘆食無鹽、飢豺正爾群當路、凍雀從渠自宿簷、陰極陽回知不遠、蘭芽行見發春尖、

曉霽用前韻書懷、

雙闕鐘聲起萬鴉、禁城月色滿朝車、竟誰詩詠東曹檜、正憶梅開西寺花、此日天涯傷逐客、何年江上却還家、曾無一字堪驅使、謾有虛名擬八叉、

澗草岩花欲鬪纖、溪風林雪故爭嚴、連岐盡說還宜麥、煮海何曾見作鹽、路斷塹憐無過客、病餘兼喜曝晴簷、謫居亦自多清絶、門外群峯玉笋尖、

次韻陸僉憲元日喜晴、

城裏夕陽城外雪、相將十里異陰晴。也知造物曾何意、底是人心苦未平。栢府樓臺啣倒景、茆茨松竹瀉寒聲。希衾莫謾愁僵卧、積素還多達曙明。

元夕、木閣山火、

荒村燈夕偶逢晴。野燒峰頭處處明。内苑但知鰲作嶺、九門空說火爲城。天應爲我開奇觀、地有茲山不世情。却恐炎威被松栢、休教玉石遂同頹。

夜宿汪氏園

小閣藏身一斗方。夜深虛白自生光。梁間來下徐生榻、座上慚無荀令香。驛樹雨聲翻屋瓦、龍池月色浸

書床他年貴行傳遺事應説陽明舊草堂

春行

冬盡西歸滿山雪春初復來花滿山白鷗亂浴清溪上黃鳥雙飛綠樹間物色變遷隨轉眼人生豈得長朱顔好將吾道從吾黨歸把漁竿東海灣

村南

花事紛紛春欲酣杖藜隨步過村南田翁開野教新犢溪女分流浴種蠶穉犬吠人依密槿閑鳬照影立晴灘偶逢江客傳鄉信歸卧楓堂憂石龕

山途

上山見日下山陰陰欲開時日欲沉晚景無多傷遠道朝陽莫更沮雲岑人歸暝市分漁火客舍空林依暮禽世事驗來還自領古人先已得吾心

南北驅馳任板輿謫鄉何地是安居家家細雨殘燈後處處荒原野燒餘江樹欲迷遊子望朔雲長斷故人書茂陵多病終蕭散何事相如賦子虛

白雲

白雲冉冉出晴峰客路無心處處逢已逐肩輿度青壁還隨孤鶴下蒼松此身愧爾長多繫他日從龍誤托踪斷鶩殘鴉飛欲盡故山回首意重重

答劉美之見寄次韻

休疑遷客迹全貧猶有沙鷗日見親勳業久辭滄海夢煙花多負故園春百年長恐終無補萬死寧期尚得身念我不勞傷鬢雪知君亦欲拂衣塵

寄徐掌教

徐穉今安在空梁榻久懸北門傾盖日東魯校文年歲月成超忽風雲易變遷新詩勞寄我不愧鳥鳴篇

畫庭蕉

簷前蕉葉綠成林長夏全無暑氣侵但得雨聲連夜靜不妨月色半床陰新詩舊葉題將滿老芰疎梧恨

共深莫笑鄭人談訟鹿至今醒夢兩難尋

送張憲長左遷鎮南大參次韻

世味知公最飽諳百年清德亦何慚柏臺藩省官非左江漢濵泄道益南絶域煙花憐我遠今霄風月好誰談交遊若問居夷事爲說山泉頗自堪

南庵次韻

隔水樵漁亦幾家緣岡一石路入溪斜松林晚映千峰雨楓葉秋連萬樹霞漸覺形骸逃物外未妨遊樂在天涯頻來不用勞僧榻已借汀鷗一席沙

又

斜日江波動客衣水南深竹見岩扉漁人收網月初集野老忘機坐未歸漸覺雲間棲翼亂愁看天北暮雲飛年年歲晚長爲客閒殺西湖舊釣磯

觀傀儡用韻

處處相逢是戲場何須傀儡夜登堂繁華過眼三更促名利牽人一線長穉子自應爭詫說倭人亦復浪悲傷本來面目還誰識且向樽前學楚狂

徐都憲同遊南庵次韻

岩寺藏春長不夏江花映日艷於桃山陰入戶川光暮林影浮空暑氣高樹老豈能知歲月溪清直可鑑

秋毫。但逢佳景須行樂，莫遣風霜着鬢毛。

即席次王文濟火叅韻

搖落休教感客途，南來秋興未全孤。肝腸已自成金石，齒髮從渠變柳蒲。傾倒酒懷金谷罰，逼直詞格輞川圖。謫鄉莫道貧消骨，猶有新詩了舊逋。

此身未擬泣窮途，隨處翻飛野鶴孤。霜冷幾枝存晚菊，溪春兩度見新蒲。荊西寇盜紆籌策，湘北流移入畫圖。莫怪當筵倍凄切，誅求滿地促官逋。

蹇以反身，困以遂志，今日患難，正閤下受用處也。知之則處此當自別，病筆不能多及，然其餘亦無

足言者聊次韻守仁頓首劉侍御大人契長

相送溪橋未隔年，相逢又過小春天。憂時敢負君臣義，念別羞爲兒女憐。道自升沉寧有定，心存氣節不無偏。知君已得虛舟意，隨處風波只晏然。

夜寒

簷際重陰覆夜寒，石爐松火坐更殘。窮荒正訝鄉書絕，險路仍愁歸夢難。倦侶春風懷越嶠，釣舟明月負嚴灘。未因謫宦傷憔悴，容鬢還羞鏡裏看。

冬至

客床無寐聽潛雷，坼重沍陽夜半回。天地未嘗生意

息。氷霜不耐鬢毛催。春添衰綫誰能補。歲晚心丹自
動灰。料得重闈强健在。早看消息報窓梅。

春日花間偶集宗門生。

閒來聊與二三子。單夾衫成行暮春。改課講題非我
事。研幾悟道是何人。階前細草雨還碧。簷下小苑晴
更新。坐起咏歌俱會學。毫釐須遣認教真。

次韻送陸文順僉憲。

貴陽東望楚山平。無奈天涯又送行。杯酒豫期傾蓋
日。封書煩慰倚門情。心馳魏闕星辰迥。路遶鄉山草
木榮。京國交遊零落盡。空將秋月寄猿聲。

次韻陸僉憲病起見寄

一賦歸來不願餘文園多病滯相如籬邊竹筍青應滿洞口飛花紅自舒荷蕢有心還擊磬周公無夢欲刪書雲間憲伯能相慰尺素長題問謫居

次韻胡少參見過

旋營小酌與春嬉佳客真慚竟日留長恨嶺雲迷楚望忽聞吳語破鄉愁鏡湖自昔堪歸老杞國何人獨抱憂莫訝臨花倍惆悵賞心頗不在枝頭

雪中飛次韻

雪裏桃花強自春蕭疏終覺損精神却慚幽竹節逾

勁，始信寒梅骨自真。遭際本非甘冷淡，飄零須勝委風塵。從來此事還希闊，莫惟臨軒賞更新。

舟中除夕

扁舟除夕尚窮途，荆楚還憐俗未殊。處處送神懸楮馬，家家迎歲換桃符。江鄉信薄聊相慰，世路多岐謾自吁。白髮頻年傷遠別，綵衣何日是庭趨。

遠客天涯又歲除，孤航隨處亦吾廬。也知世上風波滿，還戀山中木石居。事業無心從齒髮，親交多難絶音書。江湖未就新春計，夜半樵歌忽起予。

溆浦山夜泊

溆浦山邊泊，雲間見驛樓。灘聲迴遠樹，崖影落中流。柳放新年綠，人歸隔歲舟。客途時極目，天北暮陰愁。

過江門崖

三年謫宦沮蠻氛，天放扁舟下楚雲。歸信應先春雁到，閒心期與白鷗群。晴溪欲轉新年色，蒼壁多遺古篆文。此地從來山水勝，它時回首憶江門。

辰州虎溪龍興寺聞楊名父將到留韻壁間

杖藜一過虎溪頭，何處僧房是惠休。雲起峰頭沉閣影，林疎地底見江流。煙花日煖猶含雨，鷗鷺春閒欲滿洲。好景同來不同賞，詩篇還爲故人留。

武陵朝音閣懷原明、

高閣懸虛臺十尋捲簾疎雨動微吟江天雲鳥自來去楚澤風煙無古今。山色漸疑衡嶽近花源欲問武陵深新春尚沮東歸檝落日誰堪話此心、

閣中坐雨、

臺下春雲及寺門懶夫睡起正開軒烟蕪漲野平堤綠江雨隨風入夜喧道意蕭疎慚歲月歸心迢遞憶鄉園年來身迹如漂梗自笑迂疎欲手援、

霽夜

雨霽僧堂鍾磬清。春溪月色特分明。沙邊宿鷺寒無

影洞口流雲夜有聲靜後始知群動妄閑來還覺道心驚問津久已慚沮溺歸向東臯學耦耕

僧齋

盡日僧齋不厭閑獨餘春睡得相關簷前水漲遂無地江外雲晴忽有山遠客趂墟招渡急舟人晒網得魚還也知世事終無補亦復心存出處間

德山寺次壁間韻

乘興看山薄暮來山僧迎客寺門開雨昏碧草春申墓雲捲青峰菩卷臺性愛烟霞終是僻詩留名姓不須猜岩根老衲成灰色枯坐何年解結胎

沅江晚泊

去時烟雨沅江暮此日沅江暮雨歸水漫遠沙村市改泊依舊店主人非草深廨宇無官住花落僧房自鳥啼處處春光蕭索甚正思荆棘掩岩扉

春來客思獨蕭騷處處東田没野蒿雷雨蒲江喧日夜扁舟經月住風濤流民失業乘時橫獰獸爭群薄暮號却憶鹿門棲隱地杖藜壺榼餉東皋

夜泊江思湖憶元明

扁舟泊近漁家晚茅屋深環柳港清雷雨驟開江霧散星河不動暮川平夢回客枕人千里月上春堤夜

四更。欲寄愁心無過鴈，披衣坐聽野鷄鳴。

睡起寫懷

江日熙熙春睡醒，江雲飛盡楚山青。閑觀物態皆生意，靜悟天機入窅冥。道在險夷隨地樂，心忘魚鳥自流形。未須更覓羲唐事，一曲滄浪擊壤聽。

三山晚眺

南望長沙杳靄中，鵞羊只在暮雲東。天高雙檣哀明月，江闊千帆舞逆風。花暗漸驚春事晩，水流應與客愁窮。北飛亦有衡陽鴈，上苑封書未易通。

○鵞羊山

福地相傳楚水阿三年春色兩經過年亡但有初平石書罷誰籠道士鵞禮斗壇空松影靜步虛臺迥月明多岩房一宿猶緣薄謾憶開雲住薜蘿

泗洲寺

淨水西頭泗洲寺經過轉眼又三年老僧熟認直呼姓咲我清癯只似前每有客來看宿處詩留佛壁作燈傳開軒掃榻還相慰慚愧維摩世外緣

再經武雲觀書林玉璣道士壁

碧山道士曾相約歸路還來宿武雲月滿仙臺依鶴侶書留蒼壁看鵞群春岩多雨林芳淡暗水穿花石

涸分奔走連年家尚遠空餘魂夢到柴門

再過濂溪祠用前韻

曾向圖書識面真半生長自愧儒巾斯文久已無先覺

聖世今應有逸民一自支離乖學術競將雕刻費精

神瞻依多少高山意水漫蓮池長綠蘋

居夷集卷之二終

附居夷集卷之三

門人韓柱徐珊校

正德丙寅冬十一月守仁以罪下錦衣獄省愆内訟時有所述旣出而錄之

咎言

何玄夜之漫漫兮悄予懷之獨結嚴霜下而增寒兮皦明月之在隙風呶呶以憎木兮鳥驚呼而未息魂營營以惝怳兮目窅窅其焉極懔寒飈之中人兮杳不知其所自夜展轉而九起兮沾予襟之如泗胡定省之弗遑兮豈荼甘之如薺懷前哲之耿光兮耻周

容以爲比何天高之宜其宜兮孰察予之衷予匪戚於累因兮梏匪予之爲惘沛洪波之浩浩兮造雲陂之濛濛稅予駕其安止兮終予去此其焉從孰瓔纍之在頸兮謂予足之何傷熏目而弗顧兮惟盲者以爲常孔訓之服膺兮慈許以爲直辭婉變期巷遇兮豈予言之未力皇天之無私兮鑒予情之靡他寧保身之弗知兮膺斧鑕之謂何蒙出位之爲愆兮信愚忠而蹈亟咎

聖明之有裨兮雖九死其焉恤亂曰予年將中歲月適兮深谷崆峒逝息遊兮飄然凌風八極周兮孰樂

之同。不均憂兮。匪修名崇。仁之求兮。出處時從。天命何尤兮、

不寐

天寒歲云暮、氷雪閟河逈、幽室魍魎生、不寐知夜永、驚風起林木、驟若波浪洶、我心良匪石、鉅爲感欣動。滔滔眼前事、逝者去相踵。屢窮猶可陟。水深猶可求。焉知非日月、胡爲亂予衷、深谷自逶迤、烟霞日澒洞、匡時在賢達、歸哉盍耕壠、

有室七章

有室如籚、周之崇墉、室如穴處、無秋無冬、

耿彼屋漏天光入之瞻彼日月何嗟及之
倏晦倏明妻其以風倏雨倏雪當晝而蒙
夜何其矣靡星靡粲豈無白日窅窱窱求嘆
心之憂矣匪家匪室或其啓矣殞乎匪恤
氤氳氤其埃日之光矣淵淵其皷朝既昌矣
朝既式矣日既夕矣悠悠我思曷其極矣

讀易

因居亦何事省愆懼安飽瞑坐玩羲易洗心見微奧
乃知先天翁畫畫有至教包蒙戒爲寇童梏事宜早
蹇蹇匪爲節虩虩未違道遯四獲我心蠱上庸自保

俛仰天地間觸目俱浩浩簞瓢有餘樂此意良匪矯幽哉陽明麓可以忘吾老

歲暮

兀坐經旬成木石忽驚歲暮還思鄉高簷白日不到地深夜黠鼠時登床峰頭霽雪開草閣瀑下古松閒石房溪鶴洞猿爾無恙春江歸棹吾相將

見月

屋罅見明月還見地上霜客子夜中起旁皇涕沾裳匪爲嚴霜苦悲此明月光月光如流水徘徊照高堂胡爲此幽室奄忽踰飛揚逝者不可及來者猶可望

盈虛有天運嘆息何能忘

天涯

天涯歲暮氷霜結永巷人稀罔象遊長夜星辰瞻閶
道曉天鐘鼓隔雲樓思家有淚仍多病報
主無能合遠投留得昇平雙眼在且應簑笠卧滄洲

屋罅月

幽室不知年夜長晝苦短但見屋罅月清光自虧滿
佳人宴清夜繁絲激哀管朱閣出浮雲高歌正淒婉
寧知幽室婦中夜獨愁嘆良人事遊俠經歲去不反
來歸在何時年華忽將晚蕭條念宗祀淚下長如霰

别友獄中

居常念朋舊，薄領成闊絶。嗟我二三友，胡然此簪盍。累累囹圄間，講誦未能輟。桎梏敢忘罪，至道良足悦。所恨精誠眇，尚口徒自蹶。天王本明聖，旋已但中熱。行藏未可期，明當與君别。願言毋詭隨，努力從前哲。

答汪抑之

去國心已恫，别子意彌惻。伊邇怨昕夕，况兹萬里隔。戀戀岐路間，執手何能默。子有昆弟居，而我遠親側。囬思菽水懽，羨子何由得。知子念我深，夙夜敢忘惕。

良無忠信資。巒貊非我戚。

北風春尚號。浮雲正南馳。風雲一相失。各在天一涯。

客子懷往路。起視明星稀。驅車赴長阪。迢迢入嵐霏。

旅宿蒼峽底。霧雨昏朝彌。間関不足道。嗟此白日微。

切磋懷良友。願言身心違。

聞子賦茆屋。來歸在何年。索居間楚越。連峰鬱參天。

緬懷巖中隱。蹬道窮扳緣。江雲動蒼壁。山月流澄川。

朝採石上芝。暮漱松間泉。鵞湖有前約。鹿洞多遺編。

寄子春鴻書。待我秋江船。

陽明子之南也。其友湛元明歌九章以贈。崔

子鍾和之以五詩於是陽明子作八詠以答之

其一

君莫歌九章歌之傷我心微言破寥寂重以離別吟別離悲尚淺言微感逾深瓦缶易諧俗誰辨黃鍾音

其二

君莫歌五詩歌之增離憂豈無良朋侶洵樂相遨遊譬彼桃與李不爲倉囷謀君莫忘五詩忘之我焉求

其三

洙泗流浸微伊洛僅如綫後來三四公瑕瑜未相掩

嗟予不量力，跛鱉期致遠。屢興還屢仆，喘息幾不免。道逢同心人，秉節倡予敢。力爭毫釐間，萬里或可勉。風波忽相失，言之淚徒泫。

其四

此心還此理，寧論已與人。千古一噓吸，誰爲嘆離群。浩浩天地內，何物非同春。相思輒奮勵，無爲俗所分。但使心無間，萬里如相親。不見宴遊交，徵逐胥以淪。

其五

器道不可離，二之即非性。孔聖欲無言，下學從泛應。君子勤小物，蘊蓄乃成行。我誦窮索篇，於子既聞命。

如何圜中土空谷以爲靜

其六

靜虛匪虛寂中有未發中中有亦何有無之即成空
無欲見真體忘助皆非功至哉玄化機非子孰與窮

其七

憶與美人別贈我青琅玕受之不敢發焚香始開緘
諷誦意彌遠期我濂洛間道遠恐莫致庶幾終不慚

其八

憶與美人別惠我雲錦裳錦裳不足貴遺我冰雪腸
寸腸亦何遺誓言終不渝珍重美人意深秋以爲期

南遊三首

元明與予有衡嶽羅浮之期賦南遊以申約也

南遊何迢迢蒼山亦南馳如何衡陽鴈不見燕臺書莫歌澧浦曲莫弔湘君祠蒼梧烟雨絶從誰問九疑

九疑不可問羅浮如可攀遥拜羅浮雲奠以雙瓊環湫湫洞庭波東逝何時還人生不努力草木同衰殘

洞庭何湫茫衡嶽何崔嵬風飄迴鴈雪美人歸未歸

我有紫瑜珮。留掛芙蓉臺。下有蛟龍峽、往往興雲雷。

憶昔答喬白岩因寄儲柴墟、

憶昔與君約、玩易探玄微、君行赴西獄、經年始來歸、
方將事窮索、忽復當遠辭、相去萬里餘、後會安可期、
問我長生訣、感也吾誰欺、盈虧消息間、至哉天地機、
聖狂天淵隔、失得分毫釐、

二

毫釐何所辯、惟在公與私、公私何所辯、天動與人為、
遺體豈不貴、踐形乃無虧、願君崇德性、問學刊支離、
毋為氣所役、毋為物所疑、恬澹自無欲、精專絕交馳

慱奕亦何事，好之甘若飴。吟咏有性情，喪志非所宜。
非君愛忠告，斯語容見嗤。試問柴墟子，吾言亦何如。

三

柴墟吾所愛，春陽藹鬚眉。白岩吾所愛，慎默長如愚。
二君鄰
廟器，予亦山泉姿。度量較齒德，長者皆吾師。置我五
人末，庶亦忘崇卑。迢迢萬里別，心事兩不疑。北風送
南雁，慰我長相思。

一日懷抑之也。抑之之贈，既嘗答以三詩，意若
有歉焉，是以賦也。

一日復一日，去予日以遠。惠我金石言，况鬱未能展。人生各有際，道誼无所眷。嘗見兒女悲，憂來仍不免。緬懷滄洲期，聊以慰遲晚。

遲晚不足嘆，人命各有常。相去忽萬里，河山鬱蒼蒼。中夜不能寐，起視江月光。中情良自抑，美人難可忘。

美人隔江水，彷彿若可覩。風吹無蔑雪，飄蕩知何處。美人有瑤瑟，清奏含太古。高樓明月夜，惆悵爲誰鼓。

夢與抑之昆季語，湛崔皆在焉，覺而有感，因紀以詩。

夔與故人語語我以相思才爲旬日别宛若三秋期令弟坐我側屈指如有爲須臾湛君至崔子行相隨肴醑旋羅列語笑如平時縱言及微奥會意忘其辭覺來復何有起坐空嗟咨

起坐憶所夔默遡猶歴歴紛談自有形繼論入無極無極生往來往來萬化出萬化無停機往來何時息來者胡爲信往者胡爲屈微哉屈信間子午當其窟非子盡精微此理誰與測何當衡廬間相携玩羲易

衡廬曾有約相携尚無時去事多翻覆來踪豈前知

斜月掛虛牖，樹影何參差。林風正蕭瑟，驚鵲無寧枝。邈彼二三子，愁焉勞我思。

因雨和杜韻

晚堂疎雨暗柴門，忽入殘荷瀉石盆。萬里滄江生白髮，幾人燈火坐黃昏。客途最覺秋先到，荒徑惟憐菊尚存。卻憶故園耕釣處，短簑長笛下江村。

赴謫次北新關喜見諸弟

扁舟風雨泊江關，兄弟相看夢寐間。已分天涯成死別，寧知意外得生還。投荒自識君恩遠，多病心便吏事閒。擕汝耕樵應有日，好移茅屋傍雲山。

南屏

溪風漠漠南屏路，春服初成病眼開。花竹日新僧已老，湖山如舊我重來。層樓雨急青林迥，古殿雲晴碧嶂迴。獨有幽禽解相信，雙飛時下讀書臺。

卧病靜慈寫懷

卧病空山春復夏，山中幽事最能知。雨晴階下泉聲急，夜靜松間月色遲。把卷有時眠白石，解纓隨意濯清漪。吳山越嶠俱堪老，正奈燕雲繫遠思。

移居勝果

江上但知山色好，峰迴始見寺門開。半空虛閣有雲佳。六月深松無暑來。病肺正思移枕簟。洗心兼得遠塵埃。富春咫尺烟濤外。時倚層霞望釣臺。

草萍驛次林見素韻奉寄

山行風雪瘦能當。會喜江花照野航。本與宦途成懶散。頗因詩景受閑忙。鄉心草色春同遠。客鬢松梢曉更蒼。料得烟霞終有分。未須連夜夢溪堂。

王山東嶽廟遇舊識嚴星士

憶昨東歸亭下路。数峰蕭管隔秋雲。有興欲到姑蔑事。鼓枻重來會有云。春夜絶憐燈節近。溪聲最好月中聞。行藏無用君平卜。請看沙邊鷗鷺群。

廣信元夕蔣太守月中夜話、

樓臺燈火水西東、簫鼓星橋渡碧空、何處忽談塵世外。百年惟此月明中。客途孤寂渾常事、異地相求見古風、別後新詩如不惜、衡南今亦有飛鴻、

夜泊石亭寺、呈陳婁諸公、因寄儲柴墟都憲及喬太常諸友、用韻、

廿年不到石亭寺。惟有西山只舊青。白拂掛墻僧已去。紅闌照水客重經。沙村遠樹凝春望。江雨孤篷入夜聽。何處故人還笑語。東風啼鳥夢初醒。

悵望沙頭成久坐、江洲春樹何青青、烟霞故國虛夢

想風雨客途真慣經白壁靈文段終自信朱絃一絶好
誰聽扁舟心事滄浪舊從與漁人咲獨醒

過分宜望鈐岡廟

共傳峰頂樹古廟有靈神楚俗多尊鬼巫言解惑人
望禋存舊典捍禦及斯民世事渾如此題詩感慨新

雜詩三首

危棧斷我前猛虎尾我後倒崖落我左絶壑臨我右
我足復荊榛雨雪更紛驟邈然思古人無悶聊自有
無悶雖足珍警惕亡爾守君觀真宰意匪薄亦良
厚、

青山清我目流水靜我耳琴瑟在我御經書滿我几
措足踐坦道悅心有妙理頑冥非所懲賢達何靡靡
乾乾懷往訓敢忘惜分晷悠悠哉天地內不知老將
至
全腸亦坦道太虛何陰晴燈窓玩古易欣然獲我情
起舞還再拜聖訓垂明明拜舞詎踰節頓忘樂所形
歛衽復端坐玄思窺沉溟寞根固生意息久抱陽精
沖漠際無極列宿羅青冥夜深向晦息始聞風雨聲

袁州府宜春臺四絕

宜春臺上還春望山水南來眼未嘗却笑韓公亦多

事更從南浦羨滕王、

臺名何事只宜春、山色無時不可人、不用烟花費粧點、儘教刊落儘嶙峋、

特修江瀨拜祠前、正是春風欲暮天、童冠儘多歸詠興、城南無說有溫泉、　右三先生祠

古廟香燈幾許年、增修還費大官錢、至今楚地多風雨、猶道山神駕鐵船、　右孚惠廟

夜宿宣風館

山石崎嶇古轍痕、沙溪馬渡水猶渾、夕陽歸鳥投深麓、烟火行人望遠村、天際浮雲生白髮、林間孤月坐

黃昏越南冀北俱千里正恐春愁入夜魂

謁濂溪祠 萍鄉道中

木偶相沿恐未真清輝亦復凜衣巾薄書曾屑乘田吏俎豆猶存畏壘民碧水蒼山俱過化光風霽月自傳神千年私淑心喪後下拜春祠薦渚蘋

宿萍鄉武雲觀

曉行山徑樹高低雨後春泥沒馬蹄翠色絕雲開遠嶂寒聲隔竹隱晴溪已聞南去艱舟楫漫憶東歸沮杖藜夜宿仙家見明月清光還似鑑湖西

醴陵道中風雨夜宿泗州寺次韻

風雨偏從險道嘗深泥沒馬陷車箱虛傳鳥路通巴蜀豈必羊腸在太行遠渡漸看連暝色晚霞曾喜見朝陽水南昏黑投僧寺還理義編坐夜長

長沙答周生

旅倦憩江觀病齒廢談誦之子特相求禮殫意彌重自言絶學餘有志莫與共手持一編書披歷見肝裏近希小范蹤遠爲賈生慟兵符及射藝方技靡不綜我方懲創後見之色亦動子誠仁者心所言亦憂中顏子且求志蘊蓄事涵泳孔聖固遑遑與點樂歸詠回也王佐才閉戶避隣鬨知子信美才矣構中梁棟

未當匠石求滋植務培壅愧予勤綣意何以相規諷
養心在寡欲操存則舍卽縱嶽麓何森森遺址自南宋
江山足游息賢遊尚堪踵何當謝病來士氣多沉勇

涉湘于邁嶽麓是遵仰止先哲因懷友生麗澤

興感伐木寄言

客行長沙道山川鬱稠繆西探指嶽麓凌晨渡湘流
踰岡復陟巘吊古還尋幽林壑有餘采昔賢此藏修
我來寔仰止匪伊事盤遊衡雲開曉望洞野浮春洲
懷我二三友伐木增離憂何當此來聚道誼日相
求

林間憩白石，好風亦時來。春陽熙百物，欣然得予懷。
緬思兩夫子，此地得徘徊。當年靡董冠，嘵嘖代登堂階。
高情詎今昔，物豈已遺。吾儕顧謂二三子，取瑟為我諧。
我彈爾為歌，爾舞我與偕。吾道有至樂，富貴真浮埃。
若時乘大化，勿愧點與回。
陟岡採松栢，將以遺所思。勿採松栢枝，兩賢昔所依。
緣峰踐臺石，將以望所期。勿踐臺上石，兩賢昔所躋。
兩賢去邈矣，我友何相違。吾斯未能信，役役空爾疲。
胡不此彎盍，麗澤相遨嬉。渴飲松下泉，飢飧石上芝。
偃仰絕餘念，遷客難久稽。洞庭春浪闊，浮雲隔九疑。

江洲滿芳草目極令人悲已矣從此去奚必兹山爲戀繫乃從欲安在惟隨時晚聞冀有得此外吾何知

遊嶽麓書事

醴陵西來涉湘水信宿江城沮風雨不獨病齒畏風濕泥潦侵途絕行旅人言嶽麓冣形勝隔水溟濛隱雲霧趙侯需晴邀我遊故人徐陳各傳語周生好事屢來速森森雨脚何由住曉來陰翳稍披拂便携周生涉江去戒令休遣府中知徒爾勞人更妨務橘洲僧寺浮中流鳴鐘出延立沙際停橈一至荅其情三洲連綿亦佳處行雲散漫浮日色是時峰巒盡開霽

亂流蕩槳濟倏忽繫檝江邊老檀樹岸行里許入麓
口周生道予勤指顧柳溪梅堤存彷彿道林林塋獨
如故赤氷想像墟田中西嶼傾頹今冢墓道鄉荒址
留突兀赫曦遠望石如鼓殿堂釋菜禮從宜下拜朱
張息游地鑿石開山向勢改雙峯闢闕見江渚聞是
吳君所覩畫此舉良是反遭忌九仞誰虧一簣功嘆
息遺基獨延佇浮屠觀閣摩青霄盤據名區遍寰宇
其徒素為儒所擯以此方之反多愧愛禮思存告朔
羊況此實作匪文具人云趙侯意頗深隱忍調停旋
修舉昨來風雨波棟脊方遣坊人補殘敝予聞此語

心稍慰野人蔬蔌亦羅置欣然一酌才舉杯津吏走報郡侯至此行隱蹟何由聞遣騎候訪自吾寓潛來鄙意正爲此倉卒行庖甚勞費整冠出迓見兩盖乃知王君亦同御肴羞層疊絲竹繁避席輿辭懇莫拒多儀劣薄非所承樂闋觴周日將暮黄堂吏散君請先病夫沾醉須少憩入舟瞑色漸微茫却喜順流還易渡嚴城燈火人已稀小巷曲折忘歸路仙宮酣倦成熟寐曉聞簷聲復如注昨遊偶遂寔天假信知行樂皆有数涉躐差償夙好心尚有名山敢多慕藺角虧盈分則然行李雖滯吾不惡

答趙太守王推官 次來韻

詰朝事虔謁，玄居宿齋沐。積霖喜新霽，風日散清燠。蘭撓渡芳渚，半涉見水陸。溪山儼新宇，雷雨荒大麓。皇皇絃誦區，斯文昔炳郁。興廢尚屯疑，使我懷悱懊。近聞牧守賢，經營亟乘屋。方舟爲予來，飛蓋遥肅肅。花絮媚晚筵，韶景正柔淑。浴沂諒同情，及茲授春服。令德倡高詞，混珠愧魚目。努力崇修名，迂踈自巖谷。

天心湖泊既濟書事

掛席下長沙，瞬息百餘里。舟人共揚眉，予獨憂且駛。日暮入沅江，抵石舟果圮。補漱詰朝發，衝風遂齟齬。

暝泊後江湖蕭條旁曾壘月黑波濤驚蛟鼉互睥睨
翌午風益厲狼狽收斷汜天心数里間三日但遥指
甚雨迅雷電作勢殊未已湞渲雲霧中四望渺涯涘
篙槳不得施丁夫盡嗟譩淋漓念同胞吾寧忍暴使
饘粥且傾槖苦甘吾與爾衆意在必濟粮絶亦均死
憑陵向高浪吾亦詎容止虎怒安可攖志同稍足倚
且令並岸行試步湖濱沚收舵幸無事風雨亦浸弛
逡巡緣沚湄迤邐就風勢新漲翼回湍倏忽逝如矢
夜入武陽江漁村穩堪艤羅市謀晚炊且爲衆人喜
江醪信漓濁聊復盪胸滓濟險在需時徼倖豈常理

爾輩勿輕生偶然非可恃

附居夷集卷之終

夫文以載道也

陽明夫子之文由道心而達也故求之躍如也究之奧如也體之擴如也愛之美也傳之愛也此居夷集所由刻也刻惟茲者見一斑也學之者求全之志烏乎已也門人韓柱百拜識

居夷集刻成或以爲

陽明夫子之教致知而已諸文字之集不傳可也

珊謂天有四時春秋冬夏風雨霜露無非教也
地載神氣風霆流形庶物露生無非教也
夫子居夷三載素位以行不願乎外蓋無入而不
自得焉其所爲文雖應酬寄興之作而自得之
心溢之言外故其文閎以肆純以雅婉曲而暢
無所怨尤者此
夫子之知發而爲文也故曰篤其實而藝前傳賢
者得以學而至之是爲教則是集也無非教也
不傳可乎如求之言語文字之間以師其繩度
是則荒矣不傳可也集凡二卷附集一卷則

夫子逮獄時及諸在途之作併刻之亦𠀤見燕入
不自得焉耳門人徐珊頓首拜書